정대세의 눈물

세 개의 조국을 가진
이 남자가 사는 법

정대세의 눈물

• 정대세 글

르네상스

저보고 어느 나라 사람이냐고 물으면 '재일'이라고 대답합니다.
재일은 일본인도 아니고 한국 사람도 북한 사람도 아닙니다.
그럼 어디 사람이냐고 물으면 대답이 궁해집니다.
재일 사람이라는 건 없기 때문입니다.
그래서 더더욱 우리의 뿌리를 소중하게 지켜야 합니다.
세계의 정대세가 되어 '재일'의 존재를 알리고 싶습니다.

• 차례

[제7장] '재일'에서 '세계 속 자이니치'로

초등학교 무렵에는 나는 왜 일본인이 아니지?

하는 생각을 자주 했습니다.

주변에 있는 일본인들과 이질적인 존재로

사는 것이 편하지 않았기 때문입니다.

나는 왜 재일로 태어났을까 하고 원망스러웠습니다.

(제1장)
재일 교포로 산다는 것

나고야의 다섯 가족

저는 1984년 3월 2일, 나고야 시에서 태어났습니다. 태어날 때 체중은 3.5킬로그램으로, 신생아치고는 큰 편이었습니다.

26년이 지난 지금은 키 181센티미터, 체중 81킬로그램입니다. 이 정도면 신체 조건은 나면서부터 복을 받은 것 같습니다. 축구선수로서는 아시아에서 조금 큰 편이지만, 유럽에 가면 지극히 보통 체격입니다. 이곳 독일만 해도 모두 덩치가 크고 억셉니다. 선수들 평균 키가 185센티미터나 되니 두말하면 잔소리죠.

아버지 정길부는 대한민국 국적, 어머니 리정금은 조선 국적 (1945년 해방 후 정부 수립 전 재일 교포들이 얻은 국적으로 북한 국적은 아니다-편집자)을 가진 재일 2세입니다. 형제는 세 살 위인 누나 정순희와 한 살 위인 형 정이세가 있습니다. 저는 삼 형제 중 셋째, 어리광쟁이 막내입니다. 아버지는 건설업을 하면서 가족을 부양했습니다.

집은 나고야 시 북부 가스가이春日井 시 가까운 곳입니다. 초록 빛깔이 풍성하고 자연의 혜택을 받은 곳이라고 하지만, 나무가 좀 지나치다 싶게 많습니다. 마치 숲 속에 집이 있는 것 같거든요. 지금은 주택가로 바뀌었지만 제가 태어난 곳 근처에는 집이 몇 채밖에 없었습니다. 밤이 되면 무서워서 돌아다닐 수 없을 정도였다고 합니다.

그런 곳이다 보니 꿩이 창문에 부딪혀 떨어진 적도 있다고 합니다. 기절해 있는 꿩을 아버지가 전통 조리법으로 요리해서 모두 함께 먹었다는 얘기를 어머니한테 들었습니다. 아버지가 근처 강에서 맨손으로 잡아온 물고기를 손질하던 일도 기억이 납니다.

사실 아버지는 조금 야생동물 같은 데가 있습니다. 좋게 말하면 아웃도어파라고 할까요. 어쨌든 밖에 나가 움직이는 걸 좋아해서, 우리 형제도 곧잘 산이나 강으로 데리고 다녔습니다.

저는 그런 아버지에게 운동 좋아하는 유전자를 물려받았습니다. 제 신체 능력이 꽤 뛰어난 것은 틀림없이 아버지 덕입니다.

아버지 정길부는 대한민국 국적, 어머니 리
정금은 조선 국적을 가진 재일 2세입니다.

또 저는 아무리 아령을 해도 대흉근이 별로 붙지 않는데, 이것
도 아버지를 꼭 닮았습니다.

아버지는 말수가 적은 편입니다. 평소에는 자식들한테 관심
이 없는 것 같고, 교육에 관해서는 참견하지 않으며, 화를 내는
일도 없습니다. 그래도 가끔 툭 내뱉는 몇 마디 말 속에 자식에
대한 애정이 담겨 있는 것을 느낍니다.

그렇게 조용한 아버지이지만, 저와 형이 싸우고 있으면 무서
운 얼굴로 죽도를 들고 때립니다. 아버지 자신이 형제와 사이가
좋지 않은 적이 있었기 때문에 가족의 소중함을 가르치고 싶었

어머니와 우리 3남매가 함께 찍은 사진.
왼쪽이 누나 순희이고 오른쪽이 형 이세,
그리고 가운데가 나 대세.

던 것 같습니다. 그러니까 죽도로 때린 것은 '소중한 형제와 사
이좋게 지내야 한다'는 메시지였을 겁니다.

그렇다고 형제간에 싸움을 많이 하지는 않았습니다. 크게 싸
운 게 서너 번쯤일까요? 친구들은 형한테 대들었다가 맞았다는
얘기를 자주 합니다. 하지만 우리 형은 다정한 성격이라 한 번
도 그런 적이 없습니다. 형이라고 해서 동생을 함부로 대하지는
않습니다.

그런데 조선학교 동급생이 옆에 있을 때는 형의 태도가 달라
집니다. 조선학교는 유교 영향을 받아서인지 위계질서가 엄격

합니다. 형은 가끔 동생에게 위세를 부리고 싶은지 "야, 주스 사와" 하고 시킵니다. 그러면 저는 '웃기지 마' 하는 식으로 나가죠. 싸움이 나는 건 그럴 때입니다. 주먹다짐을 해봐야 형한테는 당하지 못할 것이고, 여차하면 아버지한테 혼날 걸 알기 때문에 저는 나름대로 전략을 바꾸었습니다. 아버지한테 울면서 매달리면 결국 형이 혼나곤 했습니다. 그렇게 해서 울분을 풀었습니다.

세 살 위인 누나는 그야말로 똑 부러진 성격입니다. 지금은 결혼해서 따로 살지만 우리 집에서 누나의 존재감은 점점 더 커지는 것 같습니다. 누나는 머리가 좋고 상황을 파악하는 능력도 뛰어납니다. 형제 중에서 중심을 차지하고, 형제 사이를 장악하거나 의견을 모아 일을 추진하는 데 능숙합니다. 항상 '누나가 있어서 형제도 있구나' 하고 생각합니다. 현재 누나는 우리 집안을 이끄는 리더라고 부르는 게 좋을지도 모르겠습니다. 건방지다든가 드세다든가 한 게 아니라 상황을 완전히 손에 쥐고 설명하는 데다 정확하게 핵심을 찌르는 말을 하기 때문에 아버지와 어머니도 누나 말은 받아치지를 못합니다. 요즘 들어서는 아무래도 어머니와 누나가 뒤바뀌지 않았나 싶을 정도입니다. 두 사람이 얘기하는 걸 듣고 있으면 언제나 어머니가 밀립니다. 물론 저 따위는 상대도 안 되지요.

마마보이

어머니는 예전에 조선학교에서 음악 선생님을 했습니다. 엄마와 아는 사람에게 들었는데, 스파르타식으로 가르치는 무서운 선생님이었다고 합니다. 피아노 교습 중에도 학생의 뺨을 때렸다는 얘기가 있습니다.

그분 얘기로는 아이를 낳고(즉 우리 형제를 낳고) 변했다는데, 제가 보기엔 꼭 그런 것도 아닙니다. 어머니는 우리 형제도 스파르타식으로 엄격하게 가르쳤습니다. 어머니는 "아이들을 혼낸 적이 없다"고 말하는데, 전혀 그렇지 않습니다. "대세는 반항기가 없었다"고도 말하지만 실제로는 중학생 때 엄청 반항했습니다.

어머니는 자식 사랑이 남보다 배는 강합니다. 그리고 모든 것이 애정에서 나오기 때문에 자식들을 엄하게 가르친다는 자각도 없고, 반항기도 눈치채지 못했습니다.

그런 까닭에 어머니한테는 자주 혼이 났습니다. 다만 무언가에 대한 노여움을 가라앉히지 못하고 터뜨리는 식이었기 때문에, 저로서는 왜 혼나는지 이유를 모를 때가 많았습니다. 형이나 누나한테 화가 났는데 저한테 화풀이를 한 건가 하는 생각도 듭니다.

어머니한테 혼난 얘기를 할 때마다 떠오르는 일이 있습니다.

초등학교에 입학한 지 얼마 지나지 않았을 때인데, 어느 날 밤 어머니가 저와 형을 차에 태워 뒷산으로 데려갔습니다. 어머니는 잔뜩 화가 난 표정이었습니다. 뒷산에 도착하자 어머니는 우리를 내려놓고 "알아서 돌아와라" 하고는 그냥 가버렸습니다.

캄캄한 숲에 가로등 하나 없는 길이 하나 나 있을 뿐이었습니다. 길가에 커다란 불상이 서 있기도 하고 묘지도 있어서 정말 무서웠습니다. 마침 조깅하는 사람이 지나가기에 죽을힘을 다해 따라갔는데, 100미터쯤 가서 포기하고 원래 있던 장소로 돌아가려 했습니다. 그런데 거기에 어머니가 서 있었습니다. 저는 어머니에게 매달려 "무조건 잘못했어요!" 하고 되풀이했습니다.

그런데 지금 돌이켜보아도 어머니가 왜 그랬는지 알 수가 없습니다. "잘못했어요"라고 빌었지만, 내가 뭘 잘못했는지도 모르겠습니다. 아마 형이 무언가 잘못을 저질러서 화가 났는데 덤으로 저까지 벌받은 게 아닌가 싶습니다.

어쨌든 저는 어머니와 함께 오랜 시간을 보냈습니다. "아이 혼자서 외롭게 밥 먹게 하지는 않았다"고 어머니는 자주 말합니다. 확실히 밥상에는 항상 어머니가 있었습니다. 그래서 어렸을 때는 물론이고 20대가 되어서도 곧잘 어머니와 수다를 떨곤 합니다.

지금도 어느 눈 내리는 날을 기억합니다. 저는 눈을 무척 좋아해서 어머니와 이야기하면서도 점점 흥분하고 있었습니다. 그런 저를 보고 "너, 이렇게 흥분 잘하는 아이였니? 이렇게 밝은 아이였어?" 하고 어머니가 재미있어 하면서 말했습니다. 조금 쑥스러워하는 아들과 재미있다는 어머니의 표정. 모자간의 정겨운 장면이 떠오르지 않나요?

그런 식으로 자주 대화를 했기 때문에 어머니는 '대세는 뭐든지 얘기해준다'고 생각할지도 모르지만, 사실은 그렇지도 않았습니다. 어렸을 때는 그렇다 쳐도 중학생이나 고등학생쯤 되면 비밀이 한둘은 생기게 마련입니다. 시시콜콜 부모에게 말할 리는 없겠죠?

저는 '마마보이'란 말을 듣는데, 확실히 그런 면이 있습니다. 막내인 데다 함께 지낸 시간도 많고 곧잘 이야기도 나누곤 했기 때문에, 지금도 어머니는 내가 '귀여워 죽겠다'고 말합니다. 저는 어머니에게 줄곧 어리광만 부렸고, 어른이 되어서도 그런 감정이 조금 남아 있는 게 아닐까 합니다.

어학은 어릴 때부터
유치원은 민족학교가 아니라 가와이주쿠 달튼스쿨 나고야교河合

塾dalton-school 名古屋校에 다녔습니다. 주로 일본인 아이들이 다니는 곳이었지만 유치원 때는 누가 일본인인지 재일인지 알 리도 없고 관심도 없습니다. 그러니 특별히 의식해본 적도 없고 의식할 필요도 없었습니다.

단지 제 도시락만 보리밥이었던 탓에 무척 창피했던 기억이 있습니다. 어머니는 도시락에 보리밥을 꾹꾹 눌러담고 김치를 넣은 다음, 그 위에 커다란 매실 장아찌를 얹어서 뚜껑으로 꾹 누르곤 했습니다. 뚜껑을 열면 으스러진 매실 장아찌가 보리밥 위에 찐득하니 퍼져 있어서 다른 아이들이 "뭐야 그거?" 하는 눈으로 쳐다보고, 선생님도 이상한 표정을 지었지요. 아마 그 후로 매실 장아찌를 싫어하게 된 것이 아닐까 생각합니다.

달튼스쿨은 영재 교육을 하는 유명한 유치원입니다. 저는 여기서 영어 발음 기초를 익혔습니다. 그래서 지금도 발음에는 자신이 있습니다. 결혼해서 아이를 낳으면 가능한 한 어려서부터 어학을 가르칠 생각입니다. 어른이 되어서는 아무래도 기억력이 떨어지기 때문입니다.

내친 김에 말하자면, 제 아이에게는 열한 살까지 3개 국어를 가르치는 게 목표입니다. 영어는 필수이고 그다음으로 스페인어와 독일어입니다. 독일어는 저 자신이 완벽하게 마스터해서 아이에게 가르쳐주고 싶습니다. 저는 보홈에 온 이후로 때로는

10시간씩 독일어를 공부합니다. 가정교사가 질려 할 정도입니다.

그렇게 해서 어학을 가르치고, 가능하다면 1년쯤 축구 유학을 보내고 싶습니다. 영국에 있는 친구 집에서 홈스테이를 하는 것까지 생각하고 있습니다. 거기에 1년 있으면 영어는 확실히 배우겠지요. 어학 실력도 쌓고 영국 축구도 배울 수 있으니 일석이조입니다. 생각만 해도 흐뭇한데, 우선 결혼부터 해야 뭐가 되든 되겠지요.

조선학교 입학을 둘러싼 부모님의 갈등

초등학교부터는 아이치 조선 제2초급학교에 다녔습니다. 여기는 재일 아이들이 공부하는 민족학교로, '우리 학교'라고도 부릅니다. 저는 이 학교에서 '조선 사람'으로서의 긍지를 배웠습니다.

조선학교에 들어간 것은 어머니가 강력하게 원했기 때문입니다. 어머니는 '조선학교에 들어가야 조선 사람이 된다. 가정에서 혼을 뿌리내리는 데는 한계가 있다'는 생각과 '조선 사람으로 살아가길 바란다'는 생각이 늘 있었습니다. 우리 형제는 그런 어머니의 희망에 따라 셋 다 조선학교에 들어갔습니다.

그런데 아버지는 생각이 전혀 달랐습니다. 건설회사를 운영하면서 일본 사회에서 똑 부러지게 살아가는 아버지는 '조선학교에 들어가서 뭐가 된다고' 하는 생각이 강했습니다. 고시엔 대회에 나가 프로 야구선수가 된 사촌 형제도 있어서, 일본 학교에 들어가 프로 야구선수가 되기를 바라는 마음도 있었던 모양이고, 고등학교 때는 "경륜 선수가 돼라"는 말도 했습니다. "일본 국적으로 바꾸면 괜찮다"고 하면서.

그래서 자식 교육 때문에 부부싸움이 끊이지 않았습니다. 어떨 때는 어린 제가 보기에도 당장 이혼하지 않는 게 이상할 정도였습니다.

저는 어릴 적에 부모가 이혼한 아이는 주위에서 불쌍하다는 눈으로 쳐다볼 거라고 생각했습니다. '그것만은 싫어. 사람들이 그런 눈으로 쳐다보는 건 싫어' 하는 생각에 부모님이 이혼하지 않기를 바랐습니다. 만약 부모님이 이혼한다면 내가 결혼하는 데도 불리할 거라고 생각했습니다. 그저 저의 지레짐작일 뿐이었지만, 그렇게 철석같이 믿고 이혼에 결사 반대하는 행동을 했습니다.

아무튼 아버지와 어머니는 이혼하지 않았지만, 어머니한테는 그것이 최선의 선택이었는지 어떤지 모르겠습니다. 단지 지금 우리 다섯 식구가 별 탈 없이 화목하게 지낼 수 있는 걸 보면, 부모님이 이혼을 선택하지 않은 게 잘된 일이었다고 봐도 좋을 것 같습니다.

가끔은 아버지가 원한 대로 일본 학교에 들어갔다면 어떤 인생을 살고 있을까 궁금할 때가 있습니다. 어쩌면 일본 국가대표를 목표로 뛰고 있을지도 모르겠습니다.

실제로 저는 조선학교에서 저의 정체성을 찾게 되었습니다. 하지만 초등학교 무렵에는 '나는 왜 일본인이 아니지?' 하는 생각을 자주 했습니다. 주변에 있는 일본인들과 이질적인 존재로 사는 것이 편하지 않았기 때문입니다. 일본 인구 1억 2천만 명 중에서 재일은 60만 명에 조금 못 미친다고 보면, 재일로 태어날 확률은 200분의 1에 불과한데 어째서 나는 재일로 태어났을까 하고 원망스러웠습니다. 부모님한테는 내색하지 않았지만, 항상 그 생각이 머릿속을 떠나지 않았습니다.

그런 제 마음을 꿰뚫어본 듯이 제가 일본인이 아니라는 것을 일깨워준 사람은 아버지였습니다. 아버지는 자주 말했습니다.

"너는 일본인이 아니니까 다른 사람들과 똑같이 해서는 아무것도 될 수 없어. 남들보다 두세 배는 더 노력해야 한다."

아버지는 일본 학교에 다니면서 상당히 괴롭힘을 당했던 모양입니다. 어느 동급생과 싸운 이야기를 자주 했습니다. 어느 날 아버지는 자신을 괴롭히는 친구를 교단에서 교실 뒤 벽에 이를 때까지 두드려 팼습니다. 그랬더니 그 친구의 태도가 달라지더라며 얕보이면 안 된다고 했습니다. 제가 프로 축구선수가 되고도 "너는 일본인이 아니니까 비슷한 실력을 갖고서는 일본인에게 밀려날 수밖에 없어. 그러니까 너는 그보다 더 위로 올라가야 해"라고 했습니다.

이런 식의 정신 훈련이 지금의 저를 만든 원동력이 됐는지도 모릅니다.

겉도는 신입생

조선학교는 유치원부터 있는데, 저는 초등학교부터 다녔습니다. 학교 분위기를 잘 모르는 탓에 입학식 때 겉돌았던 기억이 있습니다.

입학식 날 신입생들은 평소와 다름없는 평범한 옷차림을 하고 있었습니다. 저 혼자만 반바지에 가죽 구두에 나비넥타이를 매고, 시치고산七五三, 아이가 건강하게 자라길 기원하는 일본의 연중행사. 성장을 하고 신사나 절을 찾는다. 남자아이는 3, 5세에, 여자아이는 3, 7세에 치른다.—옮긴이처럼 반짝거리는 차림이었습니다. 마치 부잣집 도련님 같은 차림이었죠. 그야말로 혼자 튄 것이죠.

지금도 우리 가족은 그날 일을 이야기합니다. "내세는 초등학교에 들어갔을 때 정말로 도련님이었어"라고. 저 자신은 물론이고, 어머니가 허세를 부려 맞춘 게 틀림없는 그 차림이 너무나 싫었습니다. 튀지 않고 평범한 모습이 당연히 좋지요.

조선학교의 가장 큰 특징은 한국어로 수업을 한다는 것입니다. 그렇지만 재일 아이들 대부분은 한국어를 할 줄 모릅니다. 물론 저도 그랬습니다. 그래서 처음에는 일본어로 기초부터 가르칩니다. 유치원부터 조선학교에 다닌 아이는 한국어를 제법 할 줄 알기 때문에 처음에는 득의양양합니다. 하지만 아이들은 배우는 게 빨라서 초등학교부터 다녀도 딱히 불편을 느끼지 않았습니다. 게다가 선생님이 없는 자리에서는 일본어를 썼으니까요.

우리 반은 남자아이 4명, 여자아이가 8명이었습니다. 숫자가 많은 덕분에 여자아이들이 실권을 쥐고 있었습니다. 의외라고 생각할지 모르지만 초등학교 시절, 저는 아이들과 어울리지 않았습니다. 따돌림을 당한 것도 아닌데, 어쨌든 사람들과 잘 어울리지 못했습니다. 소풍을 가도 저를 뺀 남자아이 셋은 즐거워 보였는데, 저만 잘 어울리지 못했습니다. 그래서 고등학교 때까지 소풍이나 수학여행을 가는 것도 아주 싫어했습니다. 다시 말해 집단과 어울리지 못하고 좋아하지도 않았던 것입니다. 타고난 성격일지도 모르겠습니다.

初등학교 1~2학년 때는 운동장에서 혼자 놀았습니다. 상급생이 축구하는 모습을 구경하면서 나도 빨리 하고 싶다는 생각을 했습니다. 저는 어릴 적부터 축구가 아니면 존재감을 나타내지 못했던 것 같습니다.

어머니의 교육열

어릴 때는 피아노, 수영, 주판, 구몬, 가라테까지 배웠습니다. 곰곰이 생각해보면 어머니는 정말 교육열이 높았습니다.

가라테는 집 근처 도장에 다녔는데, 선생이 무척 차별이 심한 사람이었습니다. "너희가 있을 곳은 없어." "너희 나라로 돌아가." 이런 말을 자주 했습니다. 그래서 금방 그만뒀습니다. 옛날에 조선학교 학생들에게 얻어터진 적이 있었는지 아무튼 그 선생은 정말 심했습니다. 그 차별의식을 키운 뿌리는 무엇인지, 지금도 알고 싶을 정도입니다.

초등학교 1학년부터 4학년까지는 수영을 배웠습니다. 어쩌면 수영 강사가 으레 하는 칭찬일지도 모르는데 어머니는 "대세는 선수 코스로 오라고 했어"라며 자랑하곤 했습니다. 축구를 할 때는 누구에게도 지고 싶지 않았는데 수영을 할 때는 특별히 경쟁의식을 느끼지 않았습니다. 그만큼 수영에는 마음을

피아노를 연주하고 있는 모습. 고등학교 1학년 때까지 피아노를 배웠다.

빼앗기지 않았던 것 같습니다. 단지 버터플라이를 할 수 있다는 사실에 굉장히 우쭐했던 기억이 납니다. 버터플라이, 여러분은 할 수 있나요?

주판은 왜 배웠는지 생각이 안 나지만, 초등학교 고학년 때 반년 정도 배웠습니다. 8급 정도까지 배웠으니 거의 초보자였지요. 별로 의욕도 없고 해서 그만두었습니다. 주판 교실 수돗가에 기어다니던 바퀴벌레가 기억날 뿐입니다.

오히려 구몬은 초등학교 1학년부터 4학년 정도까지 했으니,

꽤 오래 한 셈입니다. 산수보다 국어를 잘했는데, 그럼에도 교실에서 연필심 같은 냄새가 났던 것밖에 기억나지 않습니다.

피아노는 어째서인지 고등학교 1학년까지 계속했습니다. 고등학교 축구부는 일주일에 딱 하루 쉬었는데, 바로 월요일이었습니다. 오후 서너 시에 수업이 끝나면 다른 아이들은 게임장으로 달려갔지만, 저는 피아노 레슨을 받았습니다.

그렇다고 피아노 치는 것을 좋아한 건 절대 아닙니다. 마음속으로는 항상 무슨 일이 생겨서 피아노 레슨을 그만두었으면 하고 바랐습니다. 딱히 그만두어야겠다는 생각은 없었지만, 사실은 싫었습니다. 하지만 어머니가 "덩치 큰 남자애가 피아노를 치면 멋지다"는 말을 누이가 했기 때문에 그런 어머니의 마음을 저버리고 싶지 않아서 계속했을 뿐입니다. 사실 연습은 거의 하지 않고, 15분은 피아노를 치고 15분은 교재로 공부했습니다. 당연히 지금은 전혀 치지 못합니다. 기껏해야 몇 소절을 외워서 치는 정도입니다. 악보를 보며 피아노를 연주할 실력은 못 됩니다.

조선학교에 들어간 뒤에도 매주 월요일과 목요일은 가와이주쿠 달튼스쿨에 다녔습니다. 간당간당한 시간까지 축구를 하다가 더러운 옷차림 그대로 교실에 들어갔기 때문에 다른 아이들이 싫어했습니다. 애초부터 저는 별난 아이였습니다. 저를 빼고는 모두 학교에서 일등 하는 아이들이어서 "왜 저런 바보가 여기 있는 거야?" 하는 분위기였습니다. 저는 학교 성적이 좋지 않았으니까요.

게다가 저는 저대로 낯가림을 하는 건지 성격이 그런 건지는 몰라도, 여전히 다른 아이들과 어울리지 못했습니다. 그래서 달튼스쿨에는 친구도 하나 없었습니다. 저는 공부도 하지 않고 언제나 멍하니 있는 아이였습니다. 선생님이 "할 맘이 없는 거니?" 하고 물을 때마다 "할 마음 없어요. 축구 하고 싶어요" 하고 대답했습니다.

첫 스승

아버지는 요미우리 자이언츠 팬이어서 야구 중계를 자주 보았습니다. 아버지와 같은 연배의 사람들에게는 누가 뭐래도 야구가 첫째가는 스포츠입니다. 하지만 저는 야구를 좋아하지 않았습니다. 야간 경기 연장전 탓에 좋아하는 방송을 볼 수 없는 것도 불만이었지만, 대체 야구가 왜 재미있는지 알 수 없었습니다. 계속 같은 전개잖아, 하고 생각했습니다. 축구와 달리 규칙이 아주 복잡해 열중하면 재미있겠지만 저는 전혀 몰입하기 어려웠습니다.

전병렬 선생님과 초급학교 축구 동료들. 왼쪽 끝이 정대세.

조선학교에서는 스포츠라고 하면 축구뿐이었습니다. 그래서 초등학교 저학년 때 고학년이 하는 걸 보고 얼마나 하고 싶었는지 모릅니다. 제가 축구를 시작한 데는 드라마틱한 만남이나 운명 같은 것은 없었습니다. 단지 거기에 축구가 있으니까 자연스럽게 시작하게 되었을 뿐입니다. 이것이 축구를 시작하게 된 계기라면 계기랄까요.

축구를 본격적으로 시작한 것은 초등학교 3학년 때였는데, 곧바로 시합에 나가게 됐습니다. 동급생 남자아이 4명은 모두 축구부였지만, 시합에는 저만 나갔습니다. 그 무렵 저는 라이트 윙을 맡았는데, 어떻게 해서 선수로 뽑혔는지 지금도 잘 모르겠습니다. 어렴풋한 기억으로는 저에게 날아온 공을 안쪽으로 차서 돌려보냈을 뿐입니다. 그 정도로 잘도 시합에 나갔구나 싶은 수준이었습니다.

그때 지도해주었던 분이 전병렬 선생님입니다. 어머니는 특히 선생님에게 고마워합니다. 전 선생님은 확실히 형과 저를 선수로 키우려고 애를 썼으니 그런 의미에서 저도 항상 고맙게 생각합니다.

전 선생님이 마침 병원에 입원했을 때, 다른 지도 선생님이 왔습니다. 그때 저는 주전에서 밀려나 있었습니다. 그 사실을 안 전 선생님은 저에게 "지금은 참으라"고 말했습니다.

전 선생님은 좋은 청년이라는 말이 딱 맞는 분이었습니다. 초등학생을 상대로 진심으로 꾸짖었지요. 지금 생각해도 초등학생에게 그렇게까지 할 수 있구나 싶을 만큼 열렬하게 진심으로 꾸짖는 겁니다. 그것도 무턱대고 꾸짖는 것이 아니라 반드시 지도로 이어지는 방향성을 갖고 있었습니다.

축구부는 집에 가는 길에 편의점 같은 데 들러서 군것질하는 걸 금지했습니다. 혹시 걸리면 전 선생님은 그 아이들을 전교생 앞에 세웠습니다. 그리고 마구 책상을 차면서 "까불지 마!" 하고 무서운 얼굴로 화를 냈습니다. 그럴 때는 학생들이 모두 겁을 먹었습니다.

교육을 위해 그렇게까지 엄격해질 수 있다니, 누구나 쉽게 할 수 있는 일은 아닐 겁니다. 아무튼 전 선생님은 규정을 어기거나 거짓말을 했을 때 맹렬하게 화를 냈습니다. 학생을 올바르게 키우는 일에 대한 강한 신념이 없으면 불가능할 것입니다.

그 시절에는 상당히 아저씨라고 느꼈지만, 당시에 현역 축구 선수였던 걸로 봐서 아마도 서른 살 정도가 아니었을까 싶습니다.

저로서는 무척 대하기 편한 선생님이었는데, 한번은 이런 일이 있었습니다. 전 선생님이 "나는 옛날에 수업 중에도 발로 볼을 만지고 있었다"고 하는 겁니다. 그래서 선생님 수업 시간에 흉내를 냈다가 꾸중을 들었습니다.

그때 전 선생님이 왜 혼을 냈는지 이해가 안 갔습니다. 지금 돌이켜보면 '아무리 축구가 좋아도 지나치다. 좀 쉬어!' 하는 뜻이 아니었을까 하고 짐작해봅니다.

그런 생각이 드는 이유가 있습니다. 저는 학교에서 축구 말고는 거의 아무것도 하지 않았습니다. 부 활동은 물론이고 나머지 시간에도 리프팅을 하거나, 아니면 10명 정도가 골대를 향해 슛을 날려서 골을 넣지 못하면 골키퍼를 맡는 게임을 했습니다.

그야말로 수업 시간만 빼면 항상 축구공이 몸에서 떨어질 때가 없었습니다. 전 선생님은 그 사실을 잘 알고서 말은 꾸중처럼 했지만 좀 쉬라는 마음이 아니었을까요?

'J' 마크를 탐내다

1993년, 제가 축구를 본격적으로 시작한 뒤 바로 J리그가 시작되었습니다. 저는 열렬한 J리그 팬이 되었습니다. 당시 J리그는 엄청난 붐을 일으켜 티켓을 구하기도 힘들었습니다. 그러니 경기를 보러 갈 수 있다는 건 정말 행운이었지요. 그야말로 복권에 당첨된 기분이었습니다.

나고야 미즈호 경기장에 두 번쯤 보러 간 적이 있습니다. 지역 연고 팀인 나고야 그램퍼스 에이트나고야 그램퍼스의 옛 이름─옮긴이는 그다지 좋아하지 않았기 때문에, 나고야가 골을 넣어서 주위 사람들이 죄다 일어나 환호할 때면 나 혼자 딴 세상에 와 있는 기분이었습니다.

저는 강한 팀을 좋아했습니다. 가시마 앤틀러스, 시미즈 에스펄스, 요코하마 마리노스현 요코하마 F. 마리노스, 이어서 산프레체 히로시마, 베르디 가와사키현 도쿄 베르디 1969 같은 팀을 좋아했습니다.

주유소에서 자동차 타이어 4개 사면 가즈미우라 가즈요시 선수. 당시 베

J리그 요코하마 마리노스 유니폼을
입고.

르디 가와사키, 현 요코하마 FC 티셔츠를 받을 수 있다고 해서 부모님을 조
르기도 했습니다. 타이어 살 돈이 있으면 차라리 유니폼을 사는
게 낫겠지요. 그런데 어머니는 정말 사주려 했다는 사실이 지금
도 놀라울 따름입니다.

가시마 팀 지쿠, 비스마르크, 알신드, 그리고 시미즈 골키퍼
인 시지마르 등은 인상 깊었습니다. 그중에서도 지쿠의 힐슛발뒤
꿈치로 차는 슛-옮긴이처럼 신기에 가까운 기술을 항상 흉내 내었습니

다. 만화 「캡틴 츠바사」에도 곧잘 나오는 기술입니다.

「캡틴 츠바사」는 애니메이션으로도 만들어져 텔레비전에서 방송되었는데, 항상 챙겨 보았습니다. 초등학교 때는 캡틴 츠바사 게임을 사기도 해서 친근한 존재였습니다.

중학교 때는 축구 만화라고 하면 오시마 츠카사가 그린 「슛!」이 제일 유명했는데, 저한테는 헤이우치 나츠코의 「J드림」J리그를 무대로 한 축구 만화, 우리나라에서는 K드림 이라는 제목으로 출간되었다─옮긴이이 최고였습니다. '아카보시 타카' 라는 0번 판타지 스타가 활약하는 이야기로, 전 권을 사모았습니다.

실은 헤이우치 나츠코 씨가 2010년에 저를 취재하러 왔습니다. 그런데 그때는 그냥 취재진이라는 인상밖에 없어서, 그대로 취재가 끝나버렸습니다. 나중에야 알고 머리를 움켜쥐었습니다. 그토록 열렬한 「J드림」 팬이었는데, 몇 년이나 흐른 탓에 까맣게 잊고 있었습니다. "전 권 샀어요" 하고 헤이우치 씨한테 한마디 건넸으면 좋았을 거라고 후회했습니다.

초등학교 3학년 때, 나고야 그램퍼스 주니어 훈련에도 참가했습니다. 훈련을 받을 수 있는 만큼 받아보라는 말을 듣고 참가했는데, 훈련 장소가 먼 데다 포지션도 디펜더수비수라 별로 들어갈 마음이 나지 않았습니다. 아무래도 그램퍼스와는 인연이 없는 모양입니다.

저는 마리노스, 베르디, 산프레체 등 J리그 팀 유니폼을 자주 입었습니다. 어깨에 붙은 J 마크를 보면서 '나도 언젠가 이 마크를 달 날이 올 거야' 하고 생각했습니다. 물론 아무 근거 없는 바람일 뿐이었지요. 그래서 가와사키 프론탈레에 들어가 J 마크를 봤을 때는 진짜로 감동했습니다.

저는 수집벽이 있는 데다 한번 모으기 시작하면 멈추지 못하는 성격이어서 J리그 카드도 전부 모았습니다. J리그 카드는 카루비일본의 스낵과자 회사─옮긴이 'J리그 칩스'에 붙어 있었는데, 과자에는 흥미가 없었습니다. 그래서 편의점에서 과자 봉지에 붙은 카드만 떼어내려고 한 적이 있습니다. 점원이 보고 있어서 포기했지요. 이튿날 그 가게를 들여다봤더니 과자 상자에 테이프를 붙여서 뗄 수 없게 해놓았더군요.

월드컵에 대한 관심

J리그가 시작된 1993년은 '도하의 비극'으로 알려진, 미국 월드컵 아시아 최종 예선이 열린 해이기도 합니다.한국에서는 도하의 기적이라 부른다. 카타르 도하에서 열린 최종 예선에서 일본이 가져갈 것으로 예상했던 본선 진출권을 한국이 획득했다. 자력 진출이 어려웠던 한국은 일본에 골 득실에서 앞서 본선 진출권을 쥐었다─옮긴이

그해에 저는 조선학교에서 본격적으로 축구를 시작했고 J리

그도 흥미진진했지만, 어쩌겠습니까. 겨우 열 살, 세계로 눈을 돌리기에는 아직 어렸습니다. 물론 월드컵이 어떤 것이고 어떻게 짜여 있는지도 전혀 몰랐습니다.

월드컵을 처음 의식한 것은 그다음 해인 1994년, 미국에서 본선 경기가 열렸을 때입니다. 미국에 사는 사촌이 경기를 보러 갔다는 얘기를 듣고 얼마나 부러웠는지 모릅니다. 이탈리아 로베르토 바조와 아리고 사키 감독 사이가 나빴던 것, 브라질 호마리우가 대량 득점한 것, 불가리아 4강 진출, 바조가 페널티킥을 실축한 것 등을 기억하고 있습니다.

저는 아무도 없는 교실에서 칠판에 '조선 국가대표로 월드컵에 나갈 거야'라고 썼다고 합니다. 사실 기억은 나지 않지만 지금도 곧잘 그런 이야기를 듣습니다. 그게 사실이라면 틀림없이 미국 경기에 흥분했기 때문일 겁니다. 그 흥분 속에는 조국을 대표해 세계에서 당당하게 싸우고 싶다는 소박한 도취감도 섞여 있었던 게 분명합니다.

흥분이 채 식기도 전에 저는 1994년 미국 월드컵에 출전한 선수들의 카드를 모으기 시작했습니다. 그때는 영어를 잘 몰랐기 때문에 MEXICO가 어느 나라인지 궁금해하기도 했습니다. 그것이 멕시코라는 것은 2~3년 후 중학생이 되고 나서 알았지요.

카드는 5장들이 하나에 200엔이었습니다. 하나씩 차근차근 사모을 때도 있었고, 돈이 있을 때는 천 엔으로 5개를 사기도 했습니다. 아버지를 졸라서 상자째 산 적도 있습니다.

카드 속에는 스페셜 황금 카드가 있어서, 그게 언제 나올지 무척 기대되었습니다. 이 상자 저 상자 냄새를 맡으며 이건 느낌이 달라, 이 냄새야말로 황금 카드가 분명해, 하면서 제멋대로 추측하곤 했습니다. 물론 황금 카드라고 해서 냄새가 다를 리 없고 실제로는 전부 똑같은 냄새였습니다. 아무튼 997장, 전부 모았습니다. 잘도 샀구나, 잘도 모았구나, 하고 요즘도 생각합니다.

뛰는 놈 위에 나는 놈 있다

초등학교 때 우리 축구부는 고향 아이치 현에서는 패배를 몰랐습니다. 하지만 '뛰는 놈 위에 나는 놈 있는 법'입니다. 나는 놈은 시즈오카 현이었죠. 초·중·고에 걸쳐 이웃 시즈오카 현에서는 자주 시합을 했습니다.

시즈오카는 정말 축구가 강했습니다.

초등학생은 보통 초등학생용 작은 골대를 쓰는데, 시즈오카 학교는 성인용 골대를 사용했습니다. 그런 까닭에 싸우는 방식이 다릅니다.

초등학교 때는 전술을 잘 몰랐지만, 제가 봐도 연동하는 게 분명한 움직임을 보이면서 몇 명이 공격을 했는가 싶으면, 눈 깜짝할 사이에 골이 들어가는 겁니다. 정말 수준이 달랐습니다.

우선 공을 빼앗을 수가 없으니 공격을 할 도리도 없습니다. 공을 쫓아 허둥대다 보면 어느새 한 골 먹습니다. 2010년 남아 공 월드컵에서 조선 대표팀이 포르투갈에 대패했을 때와 같은 상황이죠. 골을 먹을 때마다 볼 세트를 하기 때문에, 그쯤 되면 볼을 세트하는 일에 지쳐버립니다. 그와 비슷하게, 시즈오카 팀과 연습 경기를 할 때는 대개 초주검이 되었습니다. 한마디로 상대 팀이 '축구'를 하고 있었다면 우리는 '공차기'를 하고 있었던 겁니다.

초등학교 6학년 때 시즈오카에서 제9회 소년소녀 축구 대회가 열렸습니다. 아이치 현 내 조선초등학교 선수들로 구성된 '아이치조선FC'도 참가했는데, 저도 멤버였습니다.

교토 팀과 맞붙은 시합에서 해트트릭을 기록해 처음 인터뷰라는 걸 했습니다. "이렇게 골을 넣을 수 있어서 기분 좋아요"라고 말한 게 신문에 실렸습니다. 지금도 그때 광경이 기억납니다. 옆에 선생님이 있고, 저는 AC밀란이탈리아 세리에A 배낭을 등에 메고 있었습니다.

아직 어설펐지만 그런 일에 자극을 받아서 축구를 더 열심히 했습니다. 지금 가와사키 프론탈레 유스 축구 등 스포츠에서 선수 육성을 위해 운영하는 유소년 팀 – 옮긴이 아이들이나 초등학교 전국대회 같은 걸 보면 굉장합니다. 전술도 잘 이해하고 있고 포워드도 제대로 공을 지키며 주위 선수를 활용합니다. 수준이 확연히 차이 나게 높고 기술도 좋아서 장래가 기대됩니다. 돌이켜보면 저는 축구 기술이 아니라 순전히 신체 능력에만 기대고 있었습니다.

어릴 적에는 경기가 열릴 때마다 어머니가 보러 왔습니다.

지바에서 전국 각지 조선학교가 모여 조선학교 챔피언을 결정하는 중앙대회가 열렸을 때입니다. 어머니가 첫날만 보고 돌아가려 해서 저는 "어머니가 없으면 골을 넣을 수 없어요"라고 말했습니다. 왠지 그런 기분이 들었습니다. 그때부터 어머니는 어떤 경기든 빠짐없이 와주었습니다.

학교 참관수업이 있으면 어머니는 다른 부모님들보다 일찍 오셨습니다. 저를 외로운 아이로 만들지 않겠다는 어머니의 마음이 정말로 고마웠습니다. 저는 그런 일에 민감한 아이였습니다. 주위 사람들 시선에 굉장히 신경 쓰는 성격이었기 때문입니다.

그때는 어렸고, 다른 가족이 어떻게 사는지 몰랐던 터라 그것이 당연하다고 생각했습니다. 하지만 지금 돌이켜보면 어머니는 정말로 애정이 깊었습니다. 애정을 쏟아붓기만 하는 부모야 많겠지만, 넘치는 애정과 빈틈없는 이성을 가지고 자식을 키우는 부모는 흔치 않을 겁니다.

【제2장】
조선학교 그리고 축구

아이치에서 보낸 12년간의 조선학교 생활이 끝났습니다.

저는 그 12년간 한 번도 학교를 쉰 적이 없어

개근상을 받았는데, 그건 순전히 부모님 덕분입니다.

저는 단지 축구를 하러 학교에 갔을 뿐이니까요.

(제2장)
조선학교 그리고 축구

영향 받기 쉬운 나

중학교는 가스가이 시에 있는 동춘조선중급학교東春朝鮮中級學校에 들어갔습니다. 집에서 차로 가면 20~30분 거리였지만 저는 자전거를 타고 1시간 정도 걸려서 다녔습니다. 꽤 멀었지만 같은 반 친구와 함께 돌아오는 길은 즐거웠습니다. 감수성이 풍부한 시절이었기 때문에 대인관계가 더 어려워져서, 함께 집에 가던 친구와 갑자기 말을 하지 않게 되어 하교 시간을 바꾼 적도 있습니다.

동춘조선초등학교와 중학교가 함께 있어서 학교 안에 파벌이 생겼습니다. 파벌 싸움 같은 것도 있는 탓에, 학생들을 서로 자기편으로 만들려고 했습니다. 그 바람에 같은 반 친구들끼리 사이가 좋았다가 등을 돌리는 일이 벌어지곤 했습니다. 저는 가뜩이나 주변에 쉽게 영향 받는 아이여서 그런 파벌 다툼에 보기 좋게 끼어들고 말았습니다. 크게 보면 하찮은 일인데도, 그만 그런 관계에 발을 담가버리다니, 저 자신이 얼마나 나약했는지 지금도 후회하고 있습니다.

아이치 조선 제2초급학교에서 같은 반이었던 남자아이 넷 중 셋이 동춘조선중급학교에 들어갔습니다. 게다가 아이치조선FC에서 함께 뛰었던 아이도 있어서 동춘조선중급학교 학생들은 대부분 아는 얼굴이었습니다. 그러니 중학생이 되었다고 해서 갑자기 달라진 것은 없었습니다.

영어 시간을 빼고는 수업 시간에 거의 잠을 잤습니다. 누나가 "영어는 중학생 때부터 제대로 해둬"라고 일러줬기 때문에 영어만큼은 빈틈없이 공부했지요. 앞에서도 말했다시피 누나는 똑 부러진 사람이라 우리 형제를 꼼짝 못하게 했는데, 본래 머리가 좋은 데다 노력파여서 공부도 잘했습니다. 고등학생이었던 누나는 자기 경험에 비추어 중학교 영어가 얼마나 중요한지 알고 그렇게 강조했던 것 같습니다.

그런데 중학교 3학년 때 영어 시험에서 답안 문장 자체는 맞았는데 머리글자를 대문자로 쓰지 않았다고 해서 감점을 받은 일이 있습니다. 거의 100점이었던 것이 50점으로 깎였습니다.

너무하다고 생각했지요. 솔직히 화가 났습니다. 죽어라 공부해서 만점 가까운 점수를 받았는데 그 노력이 허사가 된 것입니다. '이 선생님은 가르친다는 게 뭔지 모르는 사람이야'라고 멋대로 단정했습니다. 하지만 사회인이 된 지금은 그 엄격함에 담긴 의미를 알 것 같습니다.

영어 공부를 포기해버리면, 제가 잘하는 과목은 하나도 없게 됩니다. 잘하는 과목이 없었을 뿐만 아니라, 아예 공부와는 담을 쌓고 지냈으니까요. 다만 하나 예외가 있었는데, 체육이었습니다. 저한테는 체육뿐이었습니다.

장유기는 초등학교 때부터 친한 친구였습니다. 서로 집에 놀러 가서 잠을 자는 일도 많았고, 부모님끼리도 사이가 좋았습니다. 지금도 사이가 좋은데, 중학교 때쯤에 잠깐 사이가 나빴던 적이 있습니다.

그때 저는 나쁜 선배가 멋져 보여서 뒤를 따라다니며 건들거렸습니다. 반면 유기는 순수하고 올곧게 자란 아이라서 언제나 자기중심을 잃지 않았습니다. 제가 보기에는 '지금은 주위에 맞춰줘야 할 때'인데도 그러지 않았습니다. 그런 일 때문에 서로 싸운 적도 있습니다. 다른 친구들은 그렇게 싸우는 것도 사이가 좋은 증거라고 해석했지만, 그때는 정말로 사이가 나빴습니다. 아니, 그보다는 제가 일방적으로 유기를 싫어했습니다.

어른이 되고 보니 유기가 얼마나 대단한 아이였는지 알게 되었습니다. 유기는 기가 세지도 않고 나약해 보였지만, 주위에 현혹되는 법 없이 자신을 관철시켰습니다. 그 결과 유기 옆에는 항상 친구가 많았습니다.

어느 날 유기는 저에게 "너는 주위 영향을 너무 많이 받아서 탈이야." 하고 말했습니다. 사람들은 대부분 제가 주위에 영향을 주는 쪽이라고 생각합니다. 그렇게 말한 사람은 그 친구뿐이 었습니다. 지금은 저도 '확실히 그렇다'고 생각합니다. 내가 주위 영향을 쉽게 받는다는 사실을 인식한 것은 최근 들어서입니다. 그 친구는 훨씬 전부터 저를 꿰뚫어보고 있었던 셈입니다.

유기는 태평스러운 성격이라 아직까지도 어린아이 같은 느낌을 주지만 심지가 곧습니다. 그런 친구를 얻기란 힘든 일입니다.

여러 가지 '사회 공부'

중학교 때는 좁은 세계 속에서 여러 가지 '사회 공부'를 했습니다.

지금 돌아보면 저희 반에는 악동이 많았습니다.

대체로 1학년은 3학년을 보고 따라 배우기 때문에 점점 닮아 갑니다. 3학년 선배 중에 불량 학생이 많아서 싸움이 끊이지 않

있습니다. 우리 1학년 아이들은 그런 선배들을 동경해서 뒤를 졸졸 따라다녔지요. 개중에는 동춘조선에 다니는 선배 고등학생과 친하게 지내는 아이들도 있었습니다. 싸움을 엄청 잘해서 '신' 같은 존재, '전설로 불리는 선배'는 고등학교에서는 흔히 있는 얘기일 겁니다. 남의 비위를 잘 맞추는 녀석은 그런 고등학생 선배와 친하게 지내고 그랬지요.

저는 가급적 선배들 눈에 띄지 않으려 했기 때문에 저를 딱히 마음에 들어하지도, 싫어하지도 않았습니다. 그렇긴 해도 운동부 학생들은 선배한테 이유도 모른 채 얻어맞기도 했습니다.

예를 들어, 중학교 1학년 복장은 새하얀 구두에 가죽 허리띠를 착용해야 했고, 단추도 풀면 안 된다는 규칙이 있었습니다. 어느 날 별 생각 없이 작업복에 두르는 허리띠를 하고 갔는데, 축구부 선배가 아무 말 없이 다짜고짜 때리더군요. 저는 영문도 모르고 맞았는데 한참 뒤에야 그 이유를 알게 되었습니다.

또 선배들끼리 술래잡기를 하다가 한 사람이 제 뒤에 숨은 적이 있습니다. 그랬더니 술래인 선배가 "대세야, 그 녀석 붙잡아!" 하고 버럭 소리를 질렀습니다. 하지만 뒤에 숨은 사람 역시 선배라 나는 이러지도 저러지도 못하고 있었는데, 뒤에 있던 선배가 도망가버렸습니다. 결국 화장실로 불려가 맞았는데, 그때는 너무 억울해서 울었습니다. 억울할 때뿐 아니라 기쁠 때도 슬플 때도, 저는 곧잘 웁니다. 어쩌면 타고난 울보일지도 모르겠습니다.

불량아에게 싸움은 일상사였지만, 저는 싸움을 좋아하지 않았습니다. 선배가 힘으로 해결하려고 하면, 폭력을 당하는 아이가 불쌍해서 울곤 했습니다. 역시 울보네요.

그러던 어느 날, 가벼운 기분으로 물건을 훔치고 말았습니다. 그것도 어머니가 단골로 다니는 서점에서 말입니다! 처음에는 들키지 않고 성공했습니다. 한 번 성공하니 우쭐해져서는 다음에는 CD를 훔치다가 딱 걸렸습니다. 이름을 대자 점장은 깜짝 놀라는 기색이 역력했습니다. 그분은 어머니와 알고 지내는 사이라서 우선 어머니를 불렀습니다. 어머니는 저를 보자마자 흠씬 두들겨 팼습니다. 점장이 말리지 않았으면 아마 더 맞았을지도 모릅니다. 그렇게 무섭게 화난 어머니는 본 적이 없습니다. 결국은 실컷 맞고 용서를 받았습니다.

또 한 번은 전철 정기권 표면을 긁어 날짜를 고쳤습니다. 잘 넘어간 데 맛을 들여서 계속하다가 어느 날 역무원에게 들켜버렸습니다. 그때도 어머니가 와서 그전 것까지 해서 몇 만 엔이나 물어내셨습니다.

그 밖에 좀 불량한 학생이 할 만한 일은 대부분 했는데, 그래도 남에게 해를 끼치는 일은 피했습니다. 아마 제가 남의 기분을 먼저 살피는 타입, 좋게 말하면 남을 의식하는 성격이라서 그럴 테지요.

그런데 물건을 훔치거나 정기권을 조작했을 때는, 이걸 훔치면 그 가게 사람이 얼마나 곤란할지, 얼마나 손해를 끼칠지, 또 어머니를 얼마나 실망시킬지는 미처 생각하지 못했습니다. 그래서 지금도 반성하고 있습니다.

1등이 되지 못하는 멘털리티

중학교에서도 축구부에 들어갔는데, 시합에는 1학년 후반부터 나갔습니다. 당시 우리는 약한 팀이었습니다. 조선학교 중앙대회에서도 항상 첫 경기나 두 번째 경기에서 지고 말았습니다. 그래서 그 무렵에는 축구를 해도 그다지 신나지 않았습니다.

축구 경기를 할 때, 상대가 일본인이라고 해서 특별히 의식하지는 않았지만, 중학생 정도 되면 어른이 된 것처럼 서로 험한 말이 오가게 됩니다.

대부분 상대가 이런 말로 불을 지릅니다.

"너, 조선으로 돌아가!"

이것이 기본입니다. 일단 차별적인 말로 화를 돋우겠다는 것입니다.

그러면 우리는 이렇게 받아칩니다.

"너, 공부 다시 해야겠다."

우리는 역사 인식이 뚜렷하니까 "돌아가라고? 너희들, 우리가 왜 일본에 있는지 알아? 애초에……" 하고 설명하고 싶은 마음이 굴뚝같습니다. 하지만 경기 중이라 길게 설명할 수 없어서 "공부 다시 해라"든지 "역사 공부 좀 해라"고 받아치는 거죠. 그러면 일본 중학생은 '조선으로 돌아가'라는 말에 왜 '공부 다시 해라'는 대답이 돌아오는지 모르기 때문에, 대개 얼빠진 표정을 짓습니다. 그게 오히려 심각한 문제이고, 슬픈 일입니다만.

그 밖에도 "으, 김치 냄새"라든가 "마늘 냄새 구려"라고 하면 우리는 '우웩, 단무지 냄새' 하는 식으로 받아치는 말이 몇 가지 있었습니다.

중학교 때는 축구에 별로 매력을 못 느꼈는데, 3학년 때 이광학이라는 코치가 왔을 때만큼은 상당히 불타올랐습니다. 이광학 코치는 독일 분데스리가 2부인가 3부에서 뛰었다는데, 분데스리가는 이탈리아, 영국과 함께 유럽을 대표하는 리그이고, J리그에서도 활약한 리트바르스키JEF이치하라와 부흐발트우라와 레드다이아몬즈가 적을 두었던 것을 알고 있었기 때문입니다.

이 선생님 수업에서는 거의 뛰어다닌 기억밖에 없습니다. 무조건 달리고, 오로지 달립니다. 그건 정말이지 힘들었습니다.

이광학 코치와 중급학교의 일레븐. 뒷줄 오른쪽에서 세 번째가 정대세.

기진맥진할 때까지 그렇게 뛰었건만, 중학교 체육연맹 시합에
서 예선 2차전에서 패배하고 말았습니다!

축구에서는 좋은 결과를 내지 못했지만, 달리고 또 달린 덕분
에 역전 마라톤에서는 강해졌다는 것을 확인할 수 있었습니다.
도카이東海 지구 중학교 대회에서 2학년 때는 최하위였는데 3학
년 때는 2위를 기록했습니다.

그래도 1위는 하지 못했습니다. 중학교 교내 마라톤에서도
저는 2등이었습니다.

1등을 한 아이는 같은 초등학교 출신으로, 초등학교 때는 이

겼지만 중학생이 되고는 이길 수 없었습니다. 그러고 보니 가와사키 프론탈레도 제가 적을 두고 있던 4년 동안 세 번 J리그 1부에서 준우승을 했지만, 우승은 하지 못했습니다. 아무래도 저는 옛날부터 2위 체질이었나 봅니다.

그렇지만 2위는 그냥 따라가기만 하면 되니까 편하다면 편하다고 할까요? 1위를 밀어내고 정상에 서서, 올라오는 2위를 가차 없이 떨어뜨리고, 더욱이 아무도 없는 황야를 혼자서 계속 달려가는 강한 멘털리티가 1위가 되는 조건이라고 합니다. 지금도 저에게는 그런 멘털리티가 부족한 것을 느낍니다.

축구부? 럭비부?

고등학교는 아이치 조선고급학교에 들어갔습니다. 나고야 시 남쪽에 있는 도요아케 시에 있는 학교입니다. 나고야 시 북부에 사는 저는 전철로 1시간, 자전거로 30분, 다시 걸어서 20분, 합해서 약 2시간 걸려서 다녔습니다.

2시간이라면 집에서 가까운 학교에 다니는 일본인 학생들은 놀랄지도 모릅니다. 하지만 훨씬 더 멀리서 다니는 아이도 많았고, 믿기 어렵겠지만 미에 현에서 4시간이나 걸려 다니는 학생도 있었습니다. 저도 왕복 4시간을 힘들다고 여기지 않았습니다.

주변 사람들은 제가 입학하자마자 당연히 축구부에 들어갈 줄 알았지만, 사실 무조건 축구부로 직행한 것은 아닙니다. 중학교 때 축구가 재미없었던 게 첫 번째 이유입니다. 하지만 저 자신이 중학교 때 파벌·힘 관계와 동급생 간의 체면 같은 걸 여전히 정리하지 못한 탓이 컸습니다. 그런 데에 얽히면 좋아하는 활동이 있어도 선뜻 직행할 수 없게 됩니다. 그래서 저 나름대로 여러 가지 운동부를 재보게 되었습니다.

제가 보기에 이 고등학교에서도 축구부는 세력이 강했습니다. 누가 뭐래도 오랜 전통이 있고, 길을 잘못 든 선배라도 축구는 하고 있었습니다. 또 하나, 가라테부도 힘이 있어서 축구부와 함께 양대 세력을 형성하고 있었습니다. 그에 더해서 우리 신입생 중 몇 명이 농구부에 들어가면 여기도 세력을 키우게 될 거라는 생각이 들었습니다. 이 세 운동부에는 무서운 3학년 선배가 두세 명씩 있어서, 그럭저럭 세력을 유지하고 있었습니다.

그러나 내가 보기에 가장 균형 잡힌 운동부는 럭비부였습니다. 선배들은 무척 자상했고, 어깨에 힘을 주지도 않았습니다. 그렇다고 해서 다른 운동부에 얕잡아 보이는 것도 아니었습니다. 분위기가 아주 좋았습니다. 럭비부도 재미있을 것 같아 한동안 럭비부에 들어가는 걸 진지하게 고민했습니다.

그러다가 결국 축구부를 선택하게 되었습니다.

운동부에 들어갈 수 있는 기한은 5월인가 6월이었는데, 기한 직전에는 신입생 쟁탈전이 치열합니다. 우리 동급생 사이에서도 축구부에는 몇 명이 들어간다, 누구는 배신하고 가라테부에 갔다, 럭비부에 갔다 하는 이야기가 떠돌았습니다.

저는 럭비부에 들어갈까 하고 망설였지만, 막상 축구부에 들어가기로 결정하고 나니 럭비부에 들어간 동급생에게 '배신당했다'는 기분이 들더군요. 이상한 일이지요.

세리에A에 빠지다

고등학생 때는 해외 축구, 특히 이탈리아 세리에A에 푹 빠졌습니다.

그즈음 아버지가 좋아하는 텔레비전 채널에서 전 주 토요일과 일요일에 열린 세리에A 경기 하이라이트를 내보냈습니다. 하이라이트라고는 해도 해설을 곁들여 한 시간 가까이 방송했기 때문에 무척 재미있었습니다. 나카타 히데토시_{전 일본 국가대표}가 있는 AS로마가 스쿠데토를 차지한 것은 제가 3학년 때인 2000~2001년 시즌입니다.

그 무렵 바조가 브레시아에 소속되어 굉장한 골을 넣었습니

다. 게다가 토티AS로마, 카사노AS바리→AS로마가 경기에 출전하고, 유
벤투스에는 프랑스의 지단이 있었습니다. 델피에로유벤투스와 브
라질의 호나우두인터밀란의 플레이도 DVD를 사서 보았습니다. 뭐
이 정도는 세리에A의 기본이라고 하겠죠.

이와 함께 상당히 마니아적인 데에도 흥미를 가졌습니다. 아
르헨티나 출신으로 이탈리아 국가대표까지 된 미드필더 카모라
네시베로나→유벤투스, 알베르티니AC밀란, 지안프랑코 졸라파르마→첼시→
칼리아리, 키에사피오렌티나→라치오를 좋아했습니다.

그때만 해도 유럽은 너무나 멀게 느껴졌고, 거기서 축구를 하
리라고는 생각도 못했습니다. 우선 일본 프로 축구선수조차 꿈
꾸지 못했습니다.

그 대신 팬으로서 늘 〈월드컵 축구 다이제스트〉라는 해외 축
구 잡지를 읽었습니다. 저는 묘하게 성실한 데가 있어서, 이걸
읽으면 어휘가 늘까, 어려운 단어를 외우고 표현을 늘리고, 속
담 같은 걸 외워서 회화에 써먹으면 멋있겠지, 하는 생각이 더
앞섰습니다.

말하자면 저는 학교 수업을 뺀 나머지 부분에서 학습 의욕이
강했습니다. 그건 지금도 마찬가지입니다. 〈월드컵 축구 다이
제스트〉에서 축구 용어를 배운 덕에 블로그 같은 데서도 보통
사람이 쓸 수 없는 표현을 쓸 수 있습니다. 그러니까 칼럼에는

자신이 있습니다.

뺨을 맞다

럭비부의 유혹을 물리치고 축구부를 선택했음에도 불구하고 1학년 때는 아무래도 축구가 재미없었습니다. 꾀병을 부리기도 하고 아프지도 않은데 다친 척을 해서 훈련을 빼먹기도 했습니다.

'다쳤다'는 이유로 여름방학 때 열리는 조선학교 중앙대회에도 출전하지 못했습니다. 스스로 자초한 일임에도 충격을 받고 얼마나 후회했는지 모릅니다. 다친 척했을 때 제 마음속 어딘가에 어리광이나 교만함이 있었다는 걸 깨달았습니다. 그 후 저는 정신 차리고 열심히 훈련했습니다.

축구부 이태용 감독은 졸업 후에도 제 이야기를 잘 들어주는 은사입니다. 조선 역사 선생님인데, 선생님의 수업은 정말로 재미있고, 말 한 마디 한 마디가 굉장히 마음에 와닿아 깊이 울렸습니다. 항상 한 마디도 놓치고 싶지 않아서 수업시간 내내 집중해서 들었습니다.

제 좌우명인 '벼는 익을수록 고개를 숙인다'는 말도, 선생님에게 배웠습니다. (선생님은 그런 말을 했는지 기억하지 못하는 모양입니다만.) 이 말을 좌우명으로 삼은 것은 저라는 인간이 그와

아이치 조선고급학교 시절 은사 이태용 감독과 함께.

는 아주 거리가 멀다는 것을 깨달았기 때문입니다.

저는 막내로 자라면서 부모님이나 주위 사람들한테 거의 혼
나본 적이 없기 때문에 감정 조절을 잘하지 못했습니다. 제멋대
로인 성격이라 원하는 게 있으면 끝까지 포기하지 않았습니다.
'벼는 익을수록 고개를 숙인다.'는 속담에 들어 있는 관용, 온
화, 성숙, 겸손 따위와는 정반대입니다. 어머니도 그런 쪽으로
는 약해서 혼을 내거나 타이르지 않고 제가 조르는 걸 사주었습
니다.

그런 인간이다 보니 고등학생 때부터 자주 경기 중에 이성을 잃었습니다. 언젠가 나고야 미나토 축구장에서 경기 중에 상대 선수와 박치기를 한 적이 있습니다. 심판이 카드를 내밀지는 않았지만, 이태용 감독님은 경기 중인데도 저를 벤치로 불러서 뺨을 때렸습니다. 처음에는 반사적으로 피한 모양이지만, 연달아 세 번 뺨을 맞았습니다. 어머니는 뒤에서 보고 있다가 말없이 울었다고 합니다.

경기장에 있는 관중들이 모두 지켜보는 가운데 그리고 무엇보다도 부모 앞에서 선수를 때리는 것은 물론 충격적인 일이지만, 근본적으로 경기 중에 상대 선수와 싸운 제가 나빴습니다. 이태용 감독님은 사람들 앞에서 저를 때림으로써, 우리가 한 감정적인 행위가 스포츠에서는 용서받을 수 없다는 것을, 다른 모든 사람들과 함께 확인하고 공유하려고 한 것은 아닐까 생각합니다. 물론 저는 왜 맞았는지 납득했고, 그 일 때문에 감독님에 대한 존경이 흔들린 적도 없습니다.

그 일이 있은 뒤, 제가 감정 폭발을 극복했는가 하면, 여러분도 아시다시피 극복하지 못했습니다. 무슨 경기를 앞두고 홍백전을 치를 때였는데 뒤에서 바득바득 쫓아오는 후배를 돌아보면서 헤드록을 걸어버린 일이 있습니다. 그때는 코치한테 얻어맞았지요. 이것도 미나토 축구장에서 생긴 일입니다.

그 뒤에도 감정을 누르지 못했고, 조선 대표 때도 고비마다 남에게 폐를 끼쳤습니다. 그런 자신이 한심해서 항상 자기혐오에 빠진답니다.

처음 가본 조선

조선고급학교에서는 수학여행으로 조선에 갑니다. 3학년 때 인터하이전국 고등학교 종합 체육대회 아이치 현 예선과 수학여행 일정이 겹치는 바람에 나중에 축구부만 따로 갔습니다. 평양 양각도 경기장에서 시합도 하면서 조선에 2주 동안 머물렀습니다.

조선의 U-2020세 이하 팀과 시합을 했을 때는 2 대 2로 비겼던 것 같습니다. 중국 조선족 팀과도 시합을 했는데, 이 팀은 수준이 달랐습니다. 믿을 수 없을 만큼 발이 빠른 로켓 같은 선수가 있어서, '중국에도 굉장한 선수가 있구나!' 하고 감탄했습니다. 그 선수는 어떻게 지내는지, 아직도 건강하게 축구를 하고 있는지 궁금합니다. 중학교와 고등학교 때 굉장했던 선수가 부상을 입고 어느새 모습을 감추는 일이 흔하기 때문에 무척 신경 쓰입니다.

수학여행 마지막 프로그램으로, 양각도 경기장에서 바비큐 파티를 했습니다. 오리고기를 배 터지게 먹었습니다.

수학여행으로 처음 조선 땅을 밟다.

그 자리에서 한 사람씩 일어나서 인사를 하게 되었습니다. 제 차례가 돌아왔을 때 저는 이렇게 선언했습니다.

"저는 조선 국가대표 선수가 되어 여기 돌아오겠습니다."

바비큐 덕에 기분이 고양된 탓도 있었지만, 그 자리에서 충동적으로 떠오른 생각이 아닙니다. 전부터 진심으로 그렇게 생각했습니다.

그때는 설마 국적 때문에 고생할 줄은 상상도 하지 못했습니다. 이 일에 대해서는 뒤에서 얘기하겠습니다.

조선을 방문한 것은 이때가 처음이었는데, 조선은 정다운 곳이라는 인상을 가슴에 깊이 새겼습니다. 거리를 걷는 사람도, 호텔 종업원도, 모두 순수하고 다정했습니다. 한 시간 정도 같이 있었을 뿐인데도, 헤어질 때는 눈물을 흘렸습니다. 진심으로 '이 얼마나 순수한 민족인가!' 하고 생각했습니다.

양각도 경기장에서 '조선 대표가 되겠다' 고 선언한 일은, 지금 생각하면 좋은 추억입니다. 그때 영상을 보면 감개무량합니다. 조선을 삶의 터전으로 삼기는 어렵지만 좋은 나라라고 생각합니다.

전국대회를 목표로

1999년에 사실상 해산됐지만, 재일 사회에는 재일조선축구단1961년 설립. 이하 축구단이라는 팀이 있었습니다. 일본 국적이 아닌 외국인 팀이었기 때문에 일본 리그 같은 공식전에는 나갈 수 없었지만, 일본 강호 팀과의 경기에서 언제나 이겼다고 합니다.

안타깝게도 우리 세대는 축구단이 어떤 활약을 했는지 직접 들을 수 없습니다. 제가 초등학교 다닐 때 축구단 출신으로 조선 대표를 지내고 J리그에서도 활약한 김종성 등이 와서 코치를 해준 적은 있지만 J리그가 생긴 터라 특별히 축구단에 대한 동경은 없었습니다.

조선학교도 오랫동안 인터하이와 전국 고교 축구 선수권에 참가하지 못하는 시대가 계속되었지만, 제가 고등학교 들어가기 직전에 간신히 참가를 허가받아(인터하이는 1994년, 고교선수권은 1996년) 일본 학교와 싸울 수 있게 되었습니다.

전후 50년간 공식전에 출전할 수 없었음에도 불구하고 축구를 계속해온 재일 축구계 선배들에게 우리는 존경을 표해야 합니다. 그분들이 길을 개척했기에 우리가 지금 앞으로 나아갈 수 있으니까요.

당연한 얘기지만, 행복을 누리는 우리 조선학교 학생으로서는 당장 눈앞의 경기나 대회에 일희일비하는 것이 사실입니다.

예를 들어 조선학교 중앙대회에도 힘을 쏟지만, 승부욕에 가장 불타올랐던 경기는 전국 고교 축구 선수권이었습니다. 2학년 때 오사카 조선고급학교가 전국대회에 출장했는데, 역시 의식하지 않을 수 없었습니다. 오사카는 정신력이 강해서 우리보다 한 수 위였기 때문에, 제가 라이벌로 여긴 팀은 히로시마 조선고급학교입니다. 3학년 때 우리는 인터하이 아이치 현 예선에서 베스트4에 들었지만, 그때 이미 히로시마는 인터하이 출장을 이룬 상태였습니다. 모두 입으로는 '함께 나가고 싶다'고 말했습니다만.

인터하이 예선 준결승은 리그전으로 쇼인松蔭, 추쿄中京 대학

2001년, 인터하이 현 예선 준결승에서 패배한 직후. 왼쪽에서 5번째가 정대세.

부속 추쿄, 도호東邦 고등학교와 싸워 전부 졌습니다. 하지만 실력 차를 확연히 느꼈기에 그다지 억울하지는 않았습니다. 그보다는 다가올 고교선수권을 위해 더욱 노력해야겠다고 다짐했습니다.

일본인한테 지고는 못 산다는 게 아니라 전국대회에 나가고 싶은 마음이 강했습니다. 실제로 〈주간 축구 다이제스트〉 한 귀퉁이에 아이치 현 예선 결과가 작게 실려, 아이치 조선 이름이 나온 것만으로도 기뻤습니다. (지금 그 잡지에 제가 칼럼을 쓰고 있다니, 믿기지 않습니다.) 더욱이 전국대회라도 나가면, 이 잡지에 기대되는 선수로 실리지 않을까 하는 생각도 가졌습니다.

인터하이 예선에서 베스트4에 들어간 덕분에 3학년 때 고교 선수권에서 지구 예선이 면제되었습니다. 하지만 아이치 현 대회 1차전에서 아쓰타熱田 고교에 지고 말았습니다. 우리는 우승 후보로 언급되었는데, 그것이 오히려 부담으로 작용해 전혀 좋은 경기를 보여주지 못하고 승부차기까지 갔는데 결국 지고 말았습니다. 저도 페널티킥을 실축해서 본무대에 약하다는 정신적 결함을 드러냈습니다. 하지만 저만 못 넣은 게 아니니까 저한테만 책임이 있는 건 아니라고 변명했습니다. 그래도 이걸로 끝이라고 생각하면 너무나 아쉬웠습니다.

이 무렵 아이치 현에서는 추쿄 대학 부속 추쿄 고등학교가 강했습니다. 수비 선수 다리는 통나무처럼 굵었고, 이름은 잊었지만 굉장한 공격수가 둘 있었습니다. 그중 한 명은 가스가이 시에 있는 볼링장에서 마주친 적이 있습니다. 인터하이 예선 베스트4에 들었기 때문에 상대도 우리를 꼼꼼히 분석했을 것입니다. 그래서 용기를 내어 "나야, 나. 아이치 조선 9번"이라고 말을 걸었는데, 상대는 전혀 기억하지 못하고 "뭐, 누구?" 하며 모르겠다며 가버렸습니다. 지금 생각해도 무척 분합니다. 적당히 맞장구쳐주면 뭐가 어때서.

이웃 미에 현에는 욧카이치추오四日市中央 공업고등학교라는 전국 수준의 강호가 있었습니다. 그 팀과 연습 경기를 했을 때, 상대 오른쪽 사이드를 맡은 사람이 나중에 가와사키 프론탈레에서 함께 뛰게 된 히다 사토시飛彈曉입니다. 히다 말고도 욧카이치추오 디펜더에는 전국 선발팀에 뽑힐 정도로 뛰어난 선수가 있었습니다. 하지만 그때는 저 혼자 운동장을 누비며 상대 팀의 혼을 쏙 빼놓아 정신을 못 차리게 만들었습니다. 시합은 1 대 6으로 크게 졌지만, 상대 감독은 "저 포워드는 뭐야? 굉장해!" 하며 감탄했다고 합니다.

그 정도로 좋아하기에는 한참 일렀습니다. 해마다 연초에 사흘 정도, 시미즈상업淸水商業, 시즈오카학원靜岡學園, 나라시노習志野 등 전국에서도 알아주는 강호 학교가 이바라키 현 쓰쿠바筑波에 모여 연습 경기를 가졌습니다. 우리도 참가한 것까지는 좋았는데, 시미즈·나라시노 2군(!)에 0 대 8로 졌습니다. 고등학교 때까지는 아직 그 정도 실력이었습니다.

아이치 조선에 들어간 덕분에 지금의 제가 있는 건지 모르지만, 다른 곳에 갔다면 20대 초반에 해외에 진출했을지도 모른다는 생각을 할 때가 있습니다. 물론 그건 아무도 모르는 일입니다만. 어쨌든 저는 지나온 일을 후회하지는 않습니다.

미남은 못 당해

저는 기본적으로 '여자에게 인기를 얻고 싶은' 인간입니다. 여자와 이야기하면 자극을 받고, 그 자극을 무척 즐기는 편입니다. 고등학교 때는 여자를 좋아하는 게 꼴불견이라는 생각 때문에 겉으로 쿨한 척했지만, 실제로는 굉장히 인기를 끌고 싶었습니다.

고교 시절 좋아하는 여학생이 있었는데, 축구부 주장에게 빼앗기고 말았습니다. 그 아이가 주장과 헤어지고 겨우 제 차례가 돌아오나 했더니 이번에는 또 다른 남학생……. 내가 제일 먼저 좋아했는데, 마지막까지 나만 따돌리다니! 저는 결국 여자에게 전혀 인기를 얻지 못했습니다.

그래서 이번에는 무언가에 열중하는 모습을 보이면 인기를 끌지 않을까 생각했지만, 그것도 마음 같지 않았습니다.

인터하이 예선에서 베스트4에 진출하자 전교생이 응원하러 온 적이 있습니다. 앞서 말했듯이 동급생들은 수학여행을 가서 1, 2학년이 응원하러 왔습니다. 인기를 끌고 싶어서 저는 힘이 잔뜩 들어갔습니다. 팀의 중심 선수답게 눈에 띄어야지 생각하며 경기를 했습니다. '이것이 열중하는 남자의 모습이야!' 라고 하면서 말입니다.

하지만 그 인터하이 예선에서 인기를 얻은 것은 벤치에 앉아

있던 미남 두 명이었습니다. 그때부터 저는 축구로 여자들한테
인기 좀 얻어보겠다는 생각은 버렸습니다.

 그러는 사이에 아이치에서 보낸 12년간의 조선학교 생활이
끝났습니다. 저는 그 12년간 한 번도 학교를 쉰 적이 없어 개근
상을 받았는데, 그건 순전히 부모님 덕분입니다. 저는 단지 축
구를 하러 학교에 갔을 뿐이니까요.

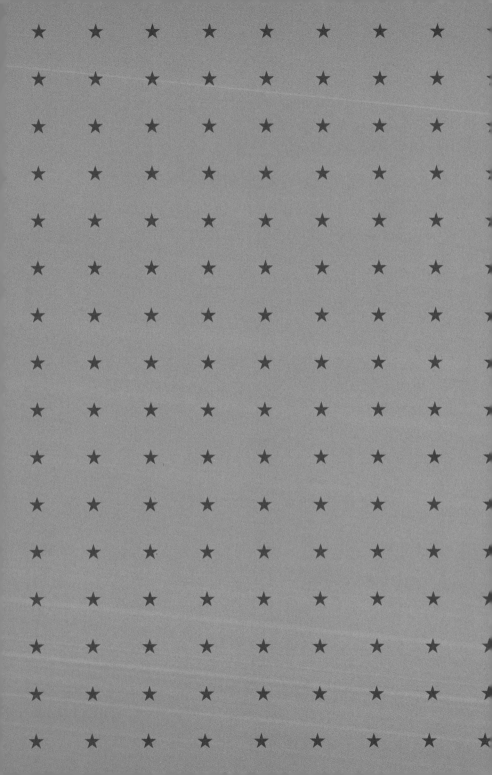

[제3장]

J리그로 들어가는 길

어릴 때부터 꿈꾸던 J리그 유니폼을 입었을 때의

감격은 이루 말할 수 없습니다.

하지만 제 앞에 놓인 현실은 결코 만만치 않았습니다.

프로가 되기보다 프로가 되고 나서

1군에 들어가기가 더욱더 어렵다는 걸

절실히 깨달았습니다.

[제3장]
J리그로 들어가는 길

조선대학교에 들어가다

고등학교아이치 조선고급학교 3학년 때, 메이지 대학에서 스포츠 추천
셀렉션 이야기가 나왔습니다. 메이지 대학은 명문학교입니다. 입
시를 치고 들어가려면 재수를 각오해야만 하지요. 그런 학교에
축구 특기자로 들어갈 수 있다면 좋은 일입니다. 게다가 메이지
대학이라면 혹시 축구를 못하게 되더라도 취직할 때 나름대로
유리하기 때문입니다. 저는 두 번 생각할 것도 없이 셀렉션을
받기로 결정하고 도쿄로 향했습니다.

실기는 문제없이 끝났고, 그다음엔 자신만만하게 논술 작성
에 들어갔습니다. 주제는 '대학 생활에 대해서' 였습니다.

저는 '재일 조선인의 대학 생활'에 대해서 쓸 생각이었습니

조선대학교 입학식, 형 정이
세와 함께.

다. 머리말로 우선 조선대학교 이야기를 꺼냈습니다. 조선대학
교의 위치와 장소와 연혁에 대해 쓰다 보니 눈 깜짝할 사이에
종이 한 장을 채웠습니다. 한 장이 논술 규정 매수인데 말입니
다. 생각과 달리 저는 '대학 생활에 대해서'가 아니라 '조선대
학교에 대해'라는 주제로 써버린 것입니다.

　학교에 돌아가 친구에게 이야기했더니 "그건 아니지" 하더군요. 과연 보기 좋게 떨어져서 메이지 대학 입학은 물거품이 되었습니다. 그때 만약 메이지에 들어갔다면 나가토모 유토長友佑都, 일본 국가대표, 인터밀란와 축구부 활동을 같이했을 수도 있습니다. 그는 저보다 두세 살 어리니까 신입부원 나가토모에게 제가 선배 노릇을 했을지도 모릅니다.

고교 축구부 감독이자 은사인 이태용 선생님은 메이지 대학 셀렉션 '사건'에 대해 잘 압니다. 그래서 지금도 "그때 논술은 말야……" 하고 이야깃거리로 삼곤 합니다. 결과적으로는 메이지 대학에 떨어지는 바람에 저는 이태용 감독님이 바라는 길을 걷게 되었습니다.

그전부터 이태용 감독님은 저에게 "조선대학교에 들어가서 기초부터 튼튼히 쌓아라"라고 끊임없이 조언했습니다. 저도 선생님한테 깊은 영향을 받아 그럴 작정이었습니다. 그래서 메이지 대학 입학이 좌절된 순간, 제 진로는 단 하나뿐이었습니다.

2002년 봄, 저는 조선학교 최고 교육기관인 조선대학교 체육학부에 입학했습니다.

조선대학교는 도쿄도 고다이라 시에 있습니다. 부모님 곁을 떠나는 건 처음이라서 첫 한 달은 무척 외로웠습니다. 전국에서 모여든 학생들이라 아는 얼굴도 거의 없고, 마음을 열 만한 친구도 없었습니다. 게다가 저는 낯가림을 하는 성격이라 동급생들과 함께 있어도 긴장을 풀지 못하고 어색하고 서먹한 데가 있었습니다.

하지만 시간이 모두 해결해주었습니다. 석 달 뒤에는 친구들과 허물없이 지내며 큰 소리로 웃고 떠들게 되었습니다.

한국의 열띤 공격에 불타다

제가 조선대학교에 들어간 2002년에 한일 공동 월드컵이 열렸습니다. 한국 대표가 아시아에서는 처음으로 4강에 진출해 저도 완전히 열광했습니다. 세계 축구 강호가 총집결하는 월드컵에서 4강에 진출한 것은 믿을 수 없는 쾌거입니다. 그룹 리그에서 결승 토너먼트까지 한국이 이기고 올라갈 때마다 학교에서도 함성이 터지고 시끌시끌했습니다.

한국의 16강 진출을 결정지은 포르투갈 전에서 박지성_{당시 도쿄}퍼플상가, 현 맨체스터 유나이티드이 넣은 골은 아주 멋졌습니다. 그때는 '별로 어렵지 않네. 나도 할 수 있어' 하고 건방진 생각을 했는데, 제가 실제로 월드컵 무대에서 뛰어보니 그렇게 간단한 일이 아니었습니다. 박지성이 얼마나 대단한 선수인지 8년 걸려서 뼈저리게 느꼈습니다. 그야말로 스타는 젊을 때부터 대단한 경기를 보여주는구나 싶습니다. 박지성과는 같은 경기장에서 겨룰 수 있게 되었지만, 레벨은 명백하게 다릅니다.

2002년 월드컵에서 가장 열광한 것은 한국과 이탈리아의 경기였습니다. 마침내 한국이 이탈리아를 꺾었을 때는 몸이 떨릴 정도였지요. 동점 골을 넣은 설기현당시 RSC안더레흐트, 현 울산 현대도 그렇고, 결승 골을 넣은 안정환당시 페루자, 현 다롄 스더도 그렇고, 그 자리에서 골을 넣는다는 건 굉장한 일입니다. 역시 무언가가 있습니다.

스페인과 치른 준준결승에서는 심판이 한국 편을 들었다는 인상을 받았습니다. 실제로 스페인 카마초 감독이 심판에게 몇 번이나 따졌지요. 지금은 그렇게까지 문제는 없었다고 생각하지만, 그때는 이런 식으로 이겨도 과연 괜찮은 걸까 하는 생각이 들어 쓸쓸했습니다. 3위를 결정하는 터키와의 경기는 대학 근처에 있는 오코노미야키 가게에서 보았습니다. 한 일본 대학생이 "일본이 터키한테 졌는데 여기서 한국이 터키한테 이기면 일본은 뭐가 되는 거야? 그러니까 터키가 이겨야 돼. 터키가 질 리 없어"라고 말했습니다. 일본은 16강 1차전에서 터키에게 졌지요(0 대 1). 저는 한국이 이길 거라고 생각했습니다. 그런데 경기 시작 5초 만에 골을 내주더니 결국 2 대 3으로 졌습니다. 체면이 말이 아니었습니다.

그래도 저에게는 한국 국가대표팀 선수 모두가 스타였습니다. 같은 민족으로서 열렬히 응원했고, 정말로 즐거웠습니다.

그해에 또 하나 큰 사건이 있었습니다. 고이즈미 준이치로 총리가 조선을 방문한 것입니다. 김정일 국방위원장과의 수뇌회담, 평양선언 등이 이루어져서 두 나라 간 국교가 정상화되는 건 아닐까 기대했지만, 납치 문제 때문에 그럴 분위기가 아니었습니다.

그때 대학 동기생이 "우리는 조국에 배반당했어"라고 말하는 걸 듣고 울컥 화가 치밀었습니다. 자본주의 국가인 일본에서 사는 주제에 그런 말을 하다니, 너희들 처음부터 믿지도 않았잖아, 하는 생각도 들었습니다.

하지만 그런 저도 어떻게 받아들여야 할지 갈피를 잡지 못한 것은 사실입니다. 그리고 많은 사람들이 '조국을 믿은 재일이 바보지' 하는 것을 보고, 재일 사회가 붕괴하는 건 아닐까, 국제결혼으로 재일이라는 존재가 없어지는 건 아닐까 걱정했습니다. 저는 아직 인생 경험이 적지만, 가장 마음이 흔들렸던 시기입니다. 국교 정상화를 기대했던 만큼 충격이 컸던 것 같습니다.

지금은 불행한 과거가 있어도 조국은 영원히 조국이라고 생각합니다.

대스타 김광호의 지도

조선대학교 축구부에도 좋은 선수들이 모여들어 2학년 때부터
는 특기생 제도에 걸맞은 특설반이 생겼습니다. 축구부는 뭔가
대접받고 있었습니다.

대학에서는 김광호 감독의 지도를 받았습니다. 재일조선축구
단에 소속되어 1980년에 재일로서는 처음으로 조선 국가대표
선수가 되었고, 지금도 화제에 오르는 전설의 스타 선수입니다.

김광호 감독은 말로 설명하기보다 실제로 보여주는 방식으로
지도했는데, 아주 철저했습니다. "롱패스는 이렇게 하는 거야"
하고 감독이 직접 보여줍니다. 어찌나 훌륭한지 선수들은 '그
렇구나' 하고 납득합니다. 당시 이미 나이가 오십 전후였는데
도 슛이 정확했고, 롱킥도 흔들리지 않았습니다. 그 정도로 기
술이 뛰어나고, 감탄을 자아내는 기술 지도였기에 감독에게 불
평을 하는 사람은 아무도 없었습니다.

김광호 감독과는 지금도 가깝게 지내고 있습니다. 감독은 제
가 여전히 대학생 때처럼 동료들에게 화를 잘 내고 '제멋대로'
인 경기를 하고 있다고 생각하는 모양입니다. 실은 그렇지 않습
니다. 제대로 주변에 맞추고, 주위를 살리면서 한다고 생각하지
만, 감독에게는 아무 말도 하지 않았습니다.

대학 때는 감독에게 항상 이런 말을 늘었습니다.

"너는 그게 통하는 한은 지금 그대로 해도 돼. 하지만 통하지 않게 되었을 때를 생각해봐."

대학에서는 제멋대로인 플레이가 통해도, 프로가 된 다음에는 곤란할 거란 얘기입니다. 저는 그때만 해도 프로가 될 수 있을지 확신하지 못했지만, 감독은 장래를 내다보고 지도했던 것입니다.

대학 운동장은 흙바닥이라 좋은 환경이 아니었지만, 불만은 없었습니다. 흙바닥이라고는 해도 가장 질이 좋은 흙이었으니까요. 돌아보면 고등학교 운동장은 바닷가 모래사장 같은 느낌이었고, 중학교는 삼각형 운동장이었고, 초등학교는 풋살을 할 정도의 공간밖에 없었습니다. 어릴 때부터 "환경에 감사하는 마음을 잊으면 그 순간 축구선수는 끝이다"라는 말을 귀가 따갑도록 들었습니다. 확실히 그런 것 같습니다.

대한민국 국적이라는 현실

저는 대학 1학년 때부터 포워드 레귤러였습니다.

저와 투톱을 이룬 또 다른 포워드는 같은 아이치 출신 4학년 선수였는데, 그 선배가 아시안컵 예선에서 조선 대표로 뽑힌 일이 있습니다. 출발하기 전에 전교생에게 "다녀오겠습니다" 하고 인사하는 모습을 보고 무척 부러워했습니다.

솔직히 말하면, 왜 내가 아닐까 하고 원망했습니다. 선배가 갈 수 있으면 나도 당연히 갈 수 있을 거라고 생각했습니다. 어쨌든 지기 싫어하는 성격이라 경쟁의식이 싹트면 싹틀수록 타오릅니다.

대표로 뽑힌 선배를 보고 있자니 나도 대표가 되고 싶다는 생각이 간절했습니다. 그러던 차에 2학년 때 대표로 참가하라는 말을 들었습니다. 드디어 왔나 했습니다. 그 선배가 된다면 나도 되는 게 당연하다고 생각했으니까요. 좋아, 대표로 활약하면 J리그로 가는 길도 머지않았어, 하는 기대가 점점 부풀어 올랐습니다.

그러나 현실은 그렇게 만만치 않았습니다. 이번에는 국적의 벽이 가로막고 있었습니다. 아버지는 한국 국적이고, 어머니는 조선 국적입니다. 제가 태어났을 때 일본 국적법은 부계를 따르도록 하고 있었기 때문에 저도 한국 국적을 가졌습니다. 그러니 조선 대표가 되는 일은 상상도 할 수 없었습니다.

국적이란 그저 외국인등록증에나 기재되는 것으로, 마음만 먹으면 언제든 바꿀 수 있을 줄 알았습니다. 어중간하게 뜨거운 데가 있어서, 조선을 지지하는데 어째서 국적은 한국인가 하고 갈등을 겪기도 했습니다. 그래서 국가대표 이야기가 나왔을 때

조선대학교 9번을 달고 골을 향해 돌진하다.

도 "국적을 바꾸는 데 전혀 거부감이 없습니다"라고 말했습니다. 어머니는 국적 변경을 권했습니다. 한편 아버지는 "그나마 한국 국적이어서 살기 편한 건데 조선 국적으로 바꾸어서 어쩌자는 거냐"며 반대했습니다.

하지만 국적을 바꾸네 마네 하며 다투는 건 아무 의미가 없었습니다. 제가 아무리 강한 의지를 갖고 있어도, 아무리 절실하게 국적 변경을 희망해도, 지금 일본에서는 인정받을 수 없습니다. 저는 결코 조선 대표가 될 수 없다는 말입니다.

어머니는 아버지 국적 때문에 제가 조선 대표가 되지 못했다고 하며 아버지와 결혼한 걸 후회했습니다. 집안에 한때 풍파가 일었던 모양입니다.

국적은 바꿀 수 없고, 따라서 조선 대표도 될 수 없다니! 저는 큰 충격을 받았습니다. 일본 국가대표나 한국 국가대표를 목표로 하는 건, 이미 저의 현실적인 선택지에는 들어 있지 않았습니다. 가슴에 구멍이 뻥 뚫린 듯해서 어떻게 해야 좋을지 몰랐습니다.

한참 지나 마음이 진정되자, 프로가 되겠다는 목표만은 반드시 이루겠다고 마음먹었습니다.

프로의 엄격함

프로를 목표로 한다는 게 조선대학교에서는 그렇게 간단한 이야기가 아닙니다.

제가 들어갔을 때, 조선대학교는 도쿄도 리그 3부였습니다. 강호들이 모이는 간토關東 대학 리그 1부와 2부가 있고, 그보다 더욱 아래인 셈입니다. 공식전은 히토쓰바시一橋 대학을 비롯한 대학 운동장에서 했는데, 잔디구장은 하나도 없고, 모두 흙이었습니다! 우리와 붙은 상대 팀이 딱히 못한 것은 아니지만, 경기가 끝나자 선수들은 담배를 피우기도 하고, 지고 있는데도 실실 거려서 왠지 화가 났습니다.

연습 경기는 간토 대학 리그 1부, 2부 같은 제법 괜찮은 팀과 치렀습니다. 상대 팀은 2군만 내보냈는데도 굉장히 기분 좋은 경기를 했습니다. 물론 도쿄도 3부라고는 해도 공식전은 쉽지 않기 때문에 고생을 하긴 했습니다. 하지만 도쿄도 3부에서는 역시 경기가 재미없었습니다.

그런 저에게 3학년 때 J리그 1부에 소속된 요코하마 F. 마리노스와 연습 경기에 참가한 일은 문화 충격이라고 해도 좋을 만한 경험이었습니다.

나중에 J리그 2부 미토 홀리호크에 들어간 4학년 김기수 선배와 함께 참가했습니다. 한마디로 말해 수준이 달랐습니다. 그들의 실력이 워낙 뛰어나 맥을 추지 못했습니다. 디펜스에 가와이 류지와 나카자와 유지 선수가 있었는데, 모두 키가 크고 부딪쳐도 꿈쩍도 하지 않았습니다. 정신력은 강하다고 생각했는데, 골키퍼와 일대일이 되었을 때 가와이 선수한테 밀려나서 제대로 슛을 날리지 못하고 키퍼가 공을 잡았을 때는, 어떻게 이런 일이 있나 하고 큰 충격을 받았습니다.

당시 마리노스 감독은 6년 후 남아공 월드컵에서 일본 국가대표팀 감독을 맡게 되는 오카다 다케시岡田武史입니다. 오카다 감독에게 직접 지도를 받은 적은 없지만, 오카다 감독이 김광호 감독을 친근하게 '김짱'이라고 부르며 사이좋게 이야기하는 걸 보고 우리 감독은 역시 대단한 사람이라는 걸 실감했습니다. 연습 경기에 참가할 수 있었던 것도 김광호 감독이 오카다 감독과 연줄이 있었기 때문입니다.

이 경기에 참가해서 J리거와 저의 실력 차이를 깊이 깨달았습니다. 그 선수들 수준을 따라잡지 않고서는 결코 프로가 될 수 없다는 것도 알았습니다. 그런데 따라잡기 위해서는 어떻게 해야 할까. 우선 더 강해져야겠다고 생각했고, 그때부터 근육 트레이닝을 열심히 하기로 했습니다.

근육 트레이닝을 시작한 동기는 그것만이 아닙니다. 의외라고 생각할지 모르지만, 힙합의 영향도 있었습니다. 힙합이야말로 제가 근육 트레이닝에 매진하고 영어를 공부하는 계기가 되었습니다.

힙합 혼

제 축구 인생에서 힙합은 빼놓을 수 없습니다.

어릴 때는 샹송을 자주 들었습니다. 좋아서 들은 건 절대 아닙니다. 무슨 연유인가 하면, 어머니가 좋아하는 샹송을 들으면

힙합DJ.

서 러닝머신 위를 달리곤 했습니다. 러닝머신이 윙윙 돌아가는
소리와 음악소리가 섞여 온 집 안에 울려 퍼졌습니다. 제가 잠
을 잘 때도 언제나 그런 식이어서 "어머니, 시끄러워요!" 하고
항상 소리를 질렀습니다. 그러니까 상송이라면 '고엽'이나 '라
메르' 같은 유명한 곡 말고도 '어떻게 이 노래까지 알고 있지?'
라고 생각할 만큼 잘 알려지지 않은 곡들도 많이 알고 있습니
다. 하지만 하나도 재미없었습니다. 흥미는 제로였습니다.

　힙합을 듣게 된 것은 이세 형 때문입니다. 어렸을 때 형은 친
구들로부터 따돌림을 당한 적이 있습니다. 아무튼 별종입니다.

근육 트레이닝도 열심이다.

지금도 분위기 파악을 못해서, 친구들과 클럽에 가도 혼자 워크 맨을 들을 정도이니까요. 저는 분위기를 띄우는 걸 좋아해서 그런 친구가 있으면 가만히 있지 못합니다. "뭐하는 거야. 주위 좀 봐. 너 때문에 분위기가 죽잖아" 하고 말합니다.

중학교 때는 전혀 의지가 안 되는 형이었습니다. 사람을 힘 있는 사람과 그렇지 않은 사람으로 나눈다면, 완전히 후자입니다. 형은 제가 선배에게 맞아도 편들어 주지 못했습니다.

그런데 그렇게 별나던 형의 개성이 고등학교 무렵부터 빛을 발했습니다. 우선 패션 감각이 뛰어나서 주변 사람들이 형을 다시 보게 되었습니다. 게다가 심지가 곧고 친구들과도 뜨거운 우정을 나누는 멋진 남자라는 걸 알게 되자, 형을 바보 취급했던 건방진 녀석이 형에게 한 수 접고 들어가게 되었습니다. 이것은 형 자신이 변한 게 아니라 장점이 발전한 거라고 생각합니다. 형제를 위할 줄 알고 책임감이 강하며, 그러면서도 주변에 휘둘리지 않고 자기 중심을 지킵니다. 형이 조선대학교 4학년일 때, 갑자기 가늘게 땋아 내린 머리를 하고 나타난 적이 있습니다. 결국 사흘 만에 머리를 빡빡 밀어야 했지만 저는 속으로 멋지다고 생각했습니다.

그런 형이 조선대학교에 들어가더니 도쿄에서 힙합을 배워왔습니다. 고등학교 3학년이었던 저는 운전학원에 다니면서 형이 준 미니디스크를 들었습니다. 당시 들은 것은 지브라, 킹기드라, K DUB SHINE 같은 일본 힙합이었습니다. 가사를 달달 외울 정도로 듣고 또 들었지요.

그래서 저도 직접 찾아보기로 마음먹고 처음 산 앨범이 미국의 드 라 소울이라는 그룹이었습니다. 역사가 무척 오래된 힙합 그룹으로, 지금은 다시 듣고 싶지만, 그때는 별로 좋은 줄 몰랐습니다.

형은 재패니즈 힙합을 추구했지만, 저는 별로 멋지지 않은 것 같아서 본고장 미국에 빠져들었습니다.

재패니즈 힙합은 1980년대 말쯤 스차다라파나 라임스터 같은 개척자가 스타일을 모색하기 시작해서 1990년대 후반부터 퍼지게 된 것 같습니다. 역사가 없기 때문에 뿌리내리지 못했고, 흑인을 흉내 내는 것 같은 부분도 있어서 그다지 멋지지는 않았습니다. 독일에 온 후로는 일본어를 그리워하는 나를 위해 형이 재패니즈 힙합을 보내줍니다.

미국 힙합도 역사가 그리 길진 않지만, 원조는 역시 다르다는 생각이 들고, 흑인 가수도 정말 멋진 것 같습니다. 저도 그들과 같은 몸을 갖고 싶다고 늘 생각합니다.

서두가 길었지만, 이것이 제가 성실하게 근육 트레이닝을 하게 된 이유입니다. 저도 피부색이 검은 편이라 근육이 눈에 잘 띕니다. 그래서 근육 트레이닝은 즐겁고, 게다가 힙합을 들으며 영어도 배울 수 있어 일석이조입니다.

내친 김에 고백하자면, 그 후에는 멕시코계 미국인이 만든 '치카노 랩'이라는, 언더그라운드에다가 마니아적인 것에 점점 빠져들었습니다. 힙합 세계에서는 흑인이 다수파이고 치카노는 소수파입니다. 재일과 겹치는 이미지가 있습니다. 흑인도 처음에는 무섭게 느껴질지 모르지만, 치카노 마피아에 비하면 귀여워 보일 정도입니다.

대학 때 파친코에서 12만 엔 정도를 딴 적이 있습니다. 그 돈으로 DJ 세트텐테이블, 믹서, 마이크, 스피커 등 디제이 장비를 모아놓은 것-옮긴이를 사서 방에서 즐겨 들었습니다. 축구 특설반 기숙사는 3인실입니다. 저도 나름 신경 쓰느라 모두 자는 시간에는 듣지 않았고 같이 방을 쓰던 녀석들도 별 불평이 없었는데, 나중에 알고 보니 다들 힙합에 질려 있었습니다. 미리 말해주었으면 좋았을 텐데, 조금 서운했습니다.

암튼 그렇게 대학 생활을 하는 동안 힙합 문화에 빠졌는데 그 영향이 오랫동안 남아 있었던 모양입니다. 프로가 된 후에도 인터뷰를 할 때 그만 특유의 허세가 나오고 말았습니다. 힙합에는 "나는 세상에서 제일 멋지다"라든가 "나한테 불만 있는 녀석은 나와봐" 하고 도발하는 듯한 분위기가 있는데, 저도 거기에 물들어 센 척하거나 허세가 섞인 발언을 자주 했습니다. 그 때문에 주위에서는 "저 녀석은 빅마우스큰소리만 치는 사람-옮긴이야"라고 비난했습니다. 그 뒤로 지나치게 적극적인 발언은 자제했습니다.

프로로 가는 길이 열리다

대학 4학년 5월에 요코하마 F. 마리노스의 연습에 참가했습니다. 두 번째였기 때문에 마리노스 쪽에서도 조금은 나아졌다고 생각했을 것이고, 반응도 그리 나쁘지 않았습니다. 하지만 제 장점은 전혀 보여주지 못했습니다.

연습 다음날, 도쿄 니시가오카 축구장에서 FC코리아와 JFL리그의 하부 리그에 속한 사가와규빈佐川急便 친선 경기가 열렸습니다. FC코리아는 조선대학교와 재일 사회인 선수 연합 팀이었는데, 마리노스의 연습에 참가한 저는 '수준이 달라' 하는 심정으로 경기를 했습니다. 컨디션이 아주 좋은 상태였습니다.

경기는 6 대 3으로 사가와규빈이 이겼습니다. FC코리아 쪽 3점은 모두 제가 넣었습니다. 그때 에이전트인 다나베 노부아키 씨가 경기를 지켜보고 있었는데, 저는 그 사실을 몰랐을 뿐만 아니라, 당시에는 에이전트가 무엇인지도 몰랐습니다.

그날 밤 밖에서 저녁을 먹고 통금 시간이 지나서 대학에 돌아왔습니다. 다음날 최용해 부장이 저를 불렀습니다. 간밤에 통금 시간 어긴 것 때문에 부른 줄 알고 풀이 죽어서 방에 들어갔더니, 부장은 뜬금없이 "축구계에는 수요와 공급이 있어서……" 하는 겁니다. '수요와 공급? 무슨 소리야?' 하고 생각했습니다. 부장이 하는 말을 잘 들어보니, 팀이 요구하는 선수와 그것을 공급하는 에이전트가 있다는 얘기였습니다. 그리고 그 에이전트 사람이 제 경기를 보고 저를 "꼭 프로에 넣겠다"고 말했다는 것입니다. "그런데 이 얘긴 아직 아무한테도 하지 마" 하고 부장은 덧붙였습니다.

방으로 돌아와 침대에 누운 저는 마음속으로 '아자! 나도 프로에 들어갈 수 있다!' 하고 외치며 불끈 쥔 주먹을 치켜올렸습니다. 누군가에게 자랑하고 싶어서 입이 근질거려 같은 학년 친구에게 "수요와 공급이 뭔지 아냐?" 하고 묻기도 했습니다.

당시에는 아무것도 몰라서 곧바로 프로에 들어갈 줄 알고 마음이 붕 떴는데, 지금 생각해보면 어이없어서 웃음이 나옵니다. "너는 꼭 넣어줄게." 에이전트라면 누구나 흔히 하는 대사였습니다. 부장도 그쪽 세계를 잘 몰랐던 모양이고, 저도 그걸 곧이곧대로 받아들여서 혼자 들떠 있었던 것입니다.

J1이냐 J2냐

에이전트한테서 그런 이야기가 있은 뒤, 처음으로 테스트를 받은 것은 오미야 아르디자 사이타마 현 사이타마 시를 연고지로 하는 J리그 팀 —옮긴이 였습니다. 처음에는 연습 경기에 중간부터 나가서 2골을 넣었습니다. 그럭저럭 좋은 플레이를 했지요. 두 번째 불려갔을 때는 연습 경기에서 2점을 얻고, 세 번째는 고쿠시칸國士館 대학과 붙었는데 아쉽게도 골을 넣지 못했습니다.

세 경기에서 4골. 그 정도면 좋은 결과라며 만족했고, 자신도 있었습니다. 그게 7월입니다. 그런데 10월, 11월이 되도록 아무 소식이 없었습니다. 연습만 그렇게 시켜놓고 감감무소식이라니! 김광호 감독이 '확답을 달라'고 언질을 넣었지만, 결국 오미야는 다른 선수를 영입했습니다.

맥이 빠지는 결과였지만 현실을 인정할 수밖에 없었지요. 꿈을 이룰지 말지는 결국 실력에 달려 있다는 걸 뼈저리게 느낀 사건이었습니다.

마리노스도 안 되고 오미야도 안 되고 주빌로 이와타에도 갔지만 예정되어 있던 연습 경기가 태풍 때문에 취소되어 하루도 제대로 뛰지 못한 채 돌아왔습니다. 그래서 기대치를 낮추어 당시 J리그 2부였던 쇼난 벨마레가나가와 현 히라츠카 시를 연고지로 하는 J리그 팀 - 옮긴이에 지원하기로 했습니다.

벨마레는 그때까지 지원해왔던 J리그 1부의 마리노스나 아르디자, 주빌로와 비교하면 역시 실력이 한 단계 아래였습니다. 우선 서브 멤버와 연습한 다음 톱 멤버와 했는데, '이 정도면 괜찮아' 하는 반응이 느껴졌습니다. 실제로 벨마레에서는 곧바로 정식 오퍼가 들어왔습니다.

저는 이제 벨마레로 정하고 싶었습니다. 특히 벨마레 관계자가 대학 경기를 보러 왔을 때, 전혀 성과를 내지 못한 일이 있기에 '이건 곤란한걸' 하고 초조해지까지 했습니다.

"오퍼를 취소당하면 곤란해요. 감독님, 빨리 계약하게 해주세요. 지금 당장이라도 사인하고 싶어요."

저는 김광호 감독에게 우는 소리를 했습니다. 그러자 감독은 "지금은 안 돼. 이러쿵저러쿵 할 문제가 아니야. 조금만 더 기다려봐."

가와사키 프론탈레에서 이야기를 꺼낸 것은 그즈음이었습니다. 2주 후에 연습에 참가했습니다. 홍백전에서는 별로 좋은 모습을 보여주지 못했는데, '주말에 연습 경기를 하니까 또 오라'는 말을 들었습니다. 바로 아시아亞細亞 대학과 치른 경기입니다. 그 경기에서 저는 브라질 출신 헐크Hulk, 본명은 지바닐도 비에이라 지 소자, 현 FC 포르투와 투톱을 이루어 전반은 해트트릭, 후반에도 1점을 넣고 중간에 교체했습니다. 더 바랄 것 없는 결과에 저는 만족했습니다. 예상대로 가와사키 프론탈레에서 오퍼가 왔습니다.

J리그 1부인 가와사키 프론탈레와 J리그 2부인 쇼난 벨마레, 둘 중 하나를 선택할 수 있는 입장이었습니다. 그런데 선택하는 것도 '고뇌'였습니다. J리그 1부가 이미지는 좋지만, 실제로 경기에 출전하지 못한다면 아무 소용이 없기 때문입니다. 이럴 때 저는 너무나 우유부단해서 고민만 할 뿐 결론을 내지 못합니다.

대학 때 어느 선배가 다른 선배에게 "선택지가 둘 있는데 둘 중 하나를 골라야 한다면, 어느 쪽을 고를래?" 하고 물은 적이 있습니다. 옆에서 듣고 있던 저는 주저 없이 "양쪽 다 고를래요"라고 대답했습니다. 그게 저답다고 생각했으니까요. 하지만 인생은 그렇게 만만치 않습니다.

프론탈레냐 벨마레냐 고민만 할 뿐 아무 결론도 내지 못하다가 고등학교에서 지도를 받았던 이태용 감독님에게 상담하러 갔습니다. 감독님의 말은 명쾌했습니다.

"위로 올라가고 싶으면 J2에서 꾸물거릴 필요 없잖아. 나이도 있으니까 J1으로 가야지."

그 말을 듣고 저는 가와사키 프론탈레에 가기로 결심했습니다.

그렇게 결정은 했지만, 선택한다는 게 얼마나 어려운 일인지 뼈저리게 느꼈습니다. 양쪽에서 다 불러주는 것은 행복한 일입니다. 불러줄 때가 좋은 것이고, 불러주기 때문에 고민도 할 수 있으니까요. 그런데 제 경우는 고민이 지나쳤습니다. 이태용 감독님이 힘 있는 말로 등을 떠밀어주어 프론탈레에 가기로 결심한 뒤, 저는 '위로 가려면 J1'이라는 명쾌한 해답을 왜 깨닫지 못했는지 믿을 수가 없었습니다.

조선대학교를 졸업하자마자 바로 J1에 들어간 것은 제가 처음이라 대학으로서는 굉장히 기뻤을 겁니다. J리그에서 뛰는 재일 선수는 여럿 있었기 때문에 제가 특별한 일을 했다는 생각은 하지 않았습니다.

어머니는 너무나 기쁜 나머지 울기까지 했습니다. 아버지는 항상 '힘내라'는 말을 했고, 한 번도 제 앞에서 기쁨을 드러낸 적이 없습니다. 이때도 역시 그랬습니다. 하지만 그전에도 그렇고 그 후에도 그렇고, 아버지가 열심히 응원해주었다는 걸 압니다.

이대로는 모가지다

가와사키 프론탈레는 한 번 발을 들이고 나면 인연이 강한 만큼, 받아들여지기까지는 시간이 걸리는 팀입니다. 제 경우도 그랬습니다.

팀에 합류했을 때 등번호 9번인 에이스 스트라이커 가나하가즈키 선수와 함께 조깅하면서 "9번, 저 주세요" 하고 말했던 기억이 납니다. 가나하 선수는 웃어넘겼지만, 제가 생각해도 터무니없는 소리였습니다. 가나하 선수는 제가 입단한 2006년에 리그전에서 18골을 넣어 J리그를 대표하는 스트라이커였으며, 일본 국가대표로도 활약하던 선수입니다. 그런 사람한테 할 말은 아니었는데 말입니다.

어릴 때부터 꿈꾸던 J리그 유니폼을 입었을 때의 감격은 이루 말할 수 없습니다. 하지만 제 앞에 놓인 현실은 결코 만만치 않았습니다. 프로가 되기보다 프로가 되고 나서 1군에 들어가기가 더욱더 어렵다는 걸 절실히 깨달았습니다.

1년이 지나면 잘리는 게 아닐까 하고 전전긍긍했고, 그런 생각이 저를 몹시 괴롭혔습니다. 가와사키 프론탈레는 경영이 안정되어 있어서 그런 일은 없는데도, 저는 걸핏하면 고민에 빠지는 성격이라 첫해에 실력을 보여주지 못하면 가차 없이 잘릴 거라고 믿었습니다.

한편으론 J1을 선택해서 다행이라고 생각한 것도 진심입니다. 벤치에 들어가면 눈앞에서 J1 경기가 펼쳐지고, 지시만 받으면 J1 무대에 설 수 있습니다. 만약 J2에 들어갔다면 우선 거기서 활약해 J1에 올라가고, 더욱이 거기서 다시 포지션 경쟁을 해야만 합니다. 프론탈레를 택한 건 옳은 판단이었다고 이태용 감독님에게 고마움을 전하고 싶었습니다.

저는 나름대로 기대주였기 때문에 중간 교체 선수로 투입되는 식이지만 계속해서 출전했습니다. 당시 가와사키 프론탈레에는 주니뉴, 가나하라는 강력한 포워드진이 있었는데, 그래도 시간 벌기 같은 걸로 5분, 10분씩 써주어서 귀중한 경험을 했습니다.

경기에 따라서는 멤버에서 제외되기도 하고, 서브 멤버로서 벤치를 지키기도 하는 등 불안정한 상태가 계속되었습니다. 벤치에도 들어가지 못할 때는 무척 힘들었습니다. 이 상태가 계속되면 모가지일지도 모른다는 두려움에 사로잡혔습니다.

그래서 입단하던 해 7월에 가시마 앤틀러스와의 경기에서 첫 골을 넣었을 때는 정말로 기뻤습니다. 한 골만 넣으면 그 뒤는 문제없이 잘할 수 있을 거라고 생각했지만, 그 한 골을 넣는 게 너무나 험난한 길이었습니다. 당연하지요. 선발 선수에 들어가질 못했으니까요. 경기 중간에 투입되어 그리 간단히 점수를 낼 리 없는 데다, 10분 이상 뛴 적도 거의 없었습니다. 그런 상황에서 간신히 한 골을 넣은 것도 수훈이라면 수훈입니다.

결국 첫해 리그전에서는 가시마 앤틀러스 전에서 넣은 1점이 전부였습니다. 2년째에도 처음에는 시간 벌기로 출전할 수밖에 없었습니다. 에이전트 다나베 씨는 "이대로라면 J2로 이적할 수밖에 없어"라고 말했습니다.

2007년 4월 25일 아시아 챔피언스리그, 전남 드래곤즈와 가진 홈경기 때, 저는 도핑 위반으로 처분받은 가나하이듬해에 스포츠 중재재판소는 처분 철회를 결정 대신 선발로 뽑혔습니다. 그리고 뜻밖에 굴러들어온 기회에 발분하여 2득점을 했습니다. 그 뒤 경기에서도 골을 넣었지만, 팀이 2경기 연속해서 이기지 못했기 때문에 더 이상 경기에 나가지 못하게 됐습니다. 제가 프론탈레에서 본격적으로 활약을 한 것은 조선 국가대표로 뽑히고 나서입니다.

그런데 프론탈레 홈에서 전남 드래곤즈와 붙기 전인 4월 11일, 전남 홈에서 경기가 열렸습니다. 난생처음으로 한국 땅을 밟았습니다. 여기가 할아버지 고향이구나, 여기서는 내 힘에 플러스알파가 더해져 잘할 것 같다는 생각이 들었고, 감개무량했습니다. 하지만 유감스럽게도 경기에는 겨우 3분밖에 나가지 못했습니다.

인간 불도저

가와사키 프론탈레에서 신세를 진 세키즈카 다카시關塚隆 감독이 2010년 9월 일본 국가대표 코치와 올림픽 국가대표 감독으로 취임했습니다. 2010년 11월에 중국 광저우에서 개최된 아시안게임에서는 일본 축구에 첫 우승(금메달)을 안겨주었습니다. 다른 감독은 잘 모르기 때문에 비교할 수는 없지만, 그는 '연습 때부터 긴장하게 만드는 감독'입니다. 연습이라고 해서 긴장을 풀지 않고, 풀 수도 없습니다. 불만을 가진 선수도 있던 모양이지만, 저는 굉장하다고 생각했습니다. 세키즈카 감독은 저를 팀에 불러주었고, 키워주었고, 경기에도 내보내주었습니다. 이 모든 것이 있기에 지금의 제가 있습니다.

포워드에 대한 개념을 바꿔준 것도 세키즈카 감독입니다. 옛날에는 다듬어지지 않아서 슛은 모두 강하게만 찼습니다. 포워드 출신인 세키즈카 감독은 "슛은 힘이 아니라 코스야. 그러면 한 시즌에서 앞으로 다섯 골은 더 넣을 수 있어"라고 말했습니다. 그때부터 저는 조금 스타일을 바꾸었습니다. 그 대신 강한 슛은 위력이 조금씩 떨어졌지만요.

세키즈카 감독뿐 아니라 서포터들에게도 고마움을 느낍니다. 사실 처음에는 저를 별로 상대해주지 않았습니다. 그래서 서포터들 눈에 띄려고 노력했습니다. 가와사키 시는 재일이 많이 사는 곳이라 서포터 중에도 재일이 있습니다. 재일끼리는 친하기 때문에 저는 그들 모임에 참석하기도 하고 종종 밥을 얻어먹으러 나갔습니다. 어쨌든 저를 봐주었으면 했으니까요.

입단하자마자 경기장으로 향하는 버스 안에서 서포터들이 입은 유니폼 번호를 살펴보았는데, 제가 처음 달았던 16번은 거의 없었습니다. 16번을 단 사람은 전부 아는 사람이었고요.

그 후 제가 득점하는 것과 비례해서 16번 유니폼이 늘어났지요. 성과를 올리면 인정받는다는 것을 다시 한 번 느꼈습니다.

그 후에 9번을 달게 되었을 때, 9번을 단 서포터가 있어서 기분이 좋았는데, 알고 보니 그전에 9번을 달았던 가나하 선수의 유니폼이어서 얼마나 실망했는지 모릅니다.

하지만 2006년 입단 당시부터 저를 응원해주신 분이 있습니다. 바로 모리 마사오森正雄 씨였습니다. 경기에 전혀 나가지 못할 때부터 말입니다. 모리 씨 그룹은 나중에 '대세회'로 발전했습니다.

2007년 가을, 재일 서포터를 중심으로 정대세와 가와사키 프론탈레를 응원하는 '대세 프렌즈'가 결성되자 저를 응원해주는 서포터들이 늘어났습니다. 지금도 먼 길을 마다하지 않고 독일까지 응원하러 오기도 합니다. 정말 고마운 일입니다.

응원에 쓸 현수막을 '대세 프렌즈'가 처음 만들어주었습니다. 지금은 제 대명사처럼 된 '인간 불도저'라는 현수막은 모리씨가 만든 '대세회'와 의논하여 정한 것입니다.

불도저보다는 조금 더 빠른 기계가 좋았지만, 저는 발이 그리 빠르지 않기 때문에 제 플레이에 딱 맞는 별명이라고 생각합니다. 이런 별명을 가진 선수는 제가 유일하다는 게 제 자랑입니다.

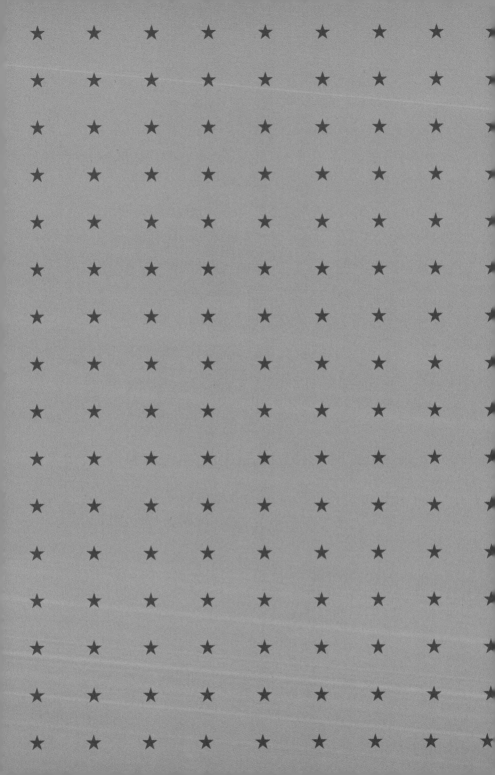

|제4장|

조선 대표라는 긍지

조선 대표선수로서 얕보이면 안 되겠다는 마음이 들었고,

의식도 바뀌었습니다. J리그에서 뛰기만 하면

누구나 조선 대표가 될 수 있다는 생각을 버리고

저는 특별한 존재라는 사실을 분명하게 보여줘야 합니다.

그런 의식이 저를 고양시켰습니다.

[제4장]
조선려표라는 긍지

다시 움튼 대표 발탁의 꿈

2005년 2월 9일, 사이타마 스타디움2002에서 독일 월드컵 아시아 최종 예선, 조선과 일본의 경기가 열렸습니다. 그때 저는 조선대학교 3학년이었는데, 조선 국가대표가 되고 싶다는 동기를 강렬하게 품게 해준 경기였기에 지금도 기억이 생생합니다.

경기장에는 재일인 안영학 선수당시 나고야 그램퍼스, 현 가시와 레이솔와 리한재 선수당시 산프레체 히로시마, 현 FC 기후가 서 있습니다. 지금은 저도 경기장에 서는 입장이니까 알 수 없지만, 경기장 관중석에서 바라보는 그라운드는 여러 가지 색과 빛이 교차하여 굉장히 화려합니다. 그렇게 화려한 그라운드를 내려다보는 관중석 한편에 저는 앉아 있었습니다. 그때도 저는 눈에 띄고 싶어하는 성격이라 '나도 국적 문제가 잘 해결되면 저기 저 벤치에 앉아 있었을지도 몰라. 벤치에 앉아 있기만 해도 관중들한테는 내가 보일 거야. 조선대학교 학생들은 나만 쳐다볼 테고, 내 이야기로 화제가 끊이지 않겠지' 하는 형편없는 생각들을 했습니다.

솔직히 조선 국가대표는 일본 국가대표에 비하면 아주 약하다고 생각했는데, 굉장히 좋은 경기를 보여주었습니다. 안영학 선수가 다마다 게이지_{당시 가시와 레이솔, 현 나고야 그램퍼스} 선수를 완전히 눌렀고, 리한재 선수도 산토스 알레산드로_{당시 우라와 레드다이아몬즈, 현 나고야 그램퍼스}와 호각을 이뤘습니다. 모두 믿음직스러웠습니다. 그 경기는 최고로 달아올랐습니다.

마지막은 골키퍼가 펀칭 미스를 했는데, 오구로 마사시_{당시 감바 오사카, 요코하마 F. 마리노스}에게 결승 골을 먹었습니다. 그 골키퍼, 전날 돌솥비빔밥을 맨손으로 잡아서 손을 덴 탓에 펀칭 미스를 했다는 우스갯소리마저 나돌았는데, 당연히 거짓말입니다.

인저리타임에 점수를 내주어 패하긴 했지만, 일본과 대등하게 싸울 수 있구나 하고, 조선 국가대표팀을 다시 보게 되었습니다. 국적 문제 때문에 조선 국가대표가 되겠다는 꿈은 한 번 좌절되었지만, 그 경기로 인해 대표로 함께 뛰고 싶다는 동경이 다시 꿈틀거렸습니다. 저를 불타게 만든 그 경기는 틀림없이 제 인생의 전환점이었습니다.

드디어 조선 국가대표로

가와사키 프론탈레에서 2년째 시즌을 맞은 2007년 6월, 저는 드디어 조선 국가대표로서 마카오에서 열리는 동아시아 축구선수권 예선에 나가게 되었습니다.

대학 2학년 때 조선 국가대표가 되겠다는 꿈이 좌절된 뒤에도, 많은 사람들이 제가 조선 국가대표가 될 수 있도록 힘써주었습니다. FIFA국제축구연맹에는 FIFA의 규정에 기초하여 재일의 역사적 배경과 구체적 사례를 제시하고, 이런 경우에는 어떠한지 문의한 결과, 조선 여권만 갖고 있으면 아무런 문제가 없다는 회신을 받았습니다. 그리고 재일본조선인축구협회 사람들과 매니지먼트를 맡아준 남태화 씨가 중심이 되어 조선 당국과 주일 한국대사관 등에 끈질기게 요청해주었지요. 그 결과 조선 여권을 발급받아 조선 국가대표가 될 수 있었답니다.

한 번 좌절한 후에도 괜찮다고 격려해주는 사람이 있었고, 저도 언젠가는 될 수 있을 거라고 생각은 했지만 실제로는 간단한 일이 아니었습니다. 저의 복잡한 출생과 복잡한 입장을 고려해, 조선 대표가 될 수 있도록 노력해준 분들에게 다시 한 번 고마움을 전하고 싶습니다.

드디어 조선 국가대표 선수로서 운동장에 선 순간, 이제 다른 대표는 될 수 없다는 걸 느꼈습니다. 하지만 후회하고 싶지는 않았습니다. 단지 눈에 띄는 결과를 내지 못하면 앞으로 경기에서 저를 기용하지 않을 거라는 말을 들었기 때문에 어떻게든 결과를 내고 싶었습니다.

동아시아 선수권 예선에서는 상대가 아주 약해서 일단 슛을 차면 다 들어갔습니다. 몽골과 치른 경기에서는 전반에 이미 해트트릭을 달성하고 후반에도 1득점, 모두 4점을 올려서 7 대 0으로 이겼습니다. 마카오와 치른 두 번째 시합에서도 4점을 넣었습니다. 홍콩과 치른 세 번째 시합에서는 득점하지 못했는데, 굉장히 분했습니다. 중요한 순간에 득점을 하지 못하는 것은 그때나 지금이나 제가 안고 있는 큰 숙제입니다. 그래도 세 경기에서 8점을 넣어 득점왕이 되었습니다.

경기가 끝나고 J리그로 돌아오자, 조선 대표선수로서 얕보이면 안 되겠다는 마음이 들었고, 의식도 바뀌었습니다. J리그에서 뛰기만 하면 누구나 조선 대표가 될 수 있다는 생각을 버리고 저는 특별한 존재라는 사실을 분명하게 보여줘야 합니다. 그런 의식이 저를 고양시켰습니다. 훈련을 할 때도 정신을 바짝 차렸습니다.

J리그에 돌아오고부터 일정하게 득점을 올릴 수 있게 되었고, 가나하 선수가 컨디션이 나빠진 일도 있어서 레귤러로 경기에 나갈 수 있게 되었습니다. 조선 대표가 되어 얻은 자신감과 커

다란 짐을 짊어지게 된 듯한 책임감이 저를 좋은 방향으로 이끌었다고 생각합니다.

한 가지, 제가 일본 프로 환경에 익숙하다 보니 조선 대표팀의 분위기에 적응하지 못하고 상당히 충격을 받았습니다. 유니폼을 직접 빨아야 하고, 유니폼 번호가 금방 떨어지거나 유니폼질이 나쁘다는 것 등 문제투성이었습니다. 경기용 유니폼을 입고 연습하는 것도 처음에는 전혀 내키지 않았습니다. 로마에 가면 로마법을 따라야 한다지만, 그때는 조바심이 났습니다.

기미가요에 울다

2008년 2월, 중국 충칭에서 열린 동아시아 축구 선수권에 조선 대표선수로서 출장했습니다. 첫 대전 상대는 일본이었습니다.

저는 옛날부터 일본 대표선수가 아닌 일본의 대전 상대가 되어 주목받는 순간을 고대했습니다. 안영학 선수와 리한재 선수를 보고 나도 저렇게 되고 싶다는 바람이 더욱 강해졌습니다.

일본전은 일본에서 방송되기 때문에 모든 재일이 볼 터이고, 제 주변 사람들도 방송을 보고 정대세라는 인간을 평가할 것입니다. 게다가 제가 안영학과 리한재 선수를 보고 그랬듯이, 저를 보고 어떤 식으로든 자극받을 사람이 있을 것입니다. 다시

2008년 동아시아 축구 선수권에서 조선 국가대표 선수로 경기장에 섰다. 뒷줄 오른쪽에서 두 번째.

말해 재일에 대한 자기주장입니다.

경기 전에 기미가요가 흘러나왔는데, 그때 저는 이미 펑펑 울고 있었습니다. 왜 울었는가 하면, 너무나 감정이 북받쳐 있던 나머지 기미가요를 조선 국가인 '애국가'愛國歌, 조선민주주의인민공화국 국가. 아침은 빛나라 라는 명칭으로도 알려져 있다. 일제 강점기에 카프 활동을 하던 저항시인 박세영이 가사를 쓰고 김원균이 작곡했다—옮긴이라고 착각했기 때문입니다.

제가 기미가요를 듣고 울어버렸다는 사실은 좋은 의미로든 나쁜 의미로든 굉장히 복잡했습니다. 그리고 저에게는 기미가

요도 친숙한 노래였다는 것이 자문자답을 거듭한 끝에 얻은 대답입니다. 이런 이야기를 들으면 어떤 사람은 화를 내겠지만 말입니다.

일본전에서는 가와사키 프론탈레 선배인 나카무라 겐고 선수가 경기를 코앞에 두고 감기에 걸려 결장한 것이 무척 아쉬웠습니다. 겐고 선수와 꼭 붙어보고 싶었습니다. 적이 되면 얼마나 성가신 선수인지 느껴보고 싶었습니다. 겐고 선수는 존경을 너머 동경합니다. 차원이 다른 선수라고 생각합니다.

전반 6분, 골을 넣었습니다. 넘겨받은 공도 좋았고, 능숙하게 돌아서 슛을 할 수 있었습니다.

일본 대표팀은 멀리서 원거리 슛만 찼기 때문에 전혀 무섭지 않았습니다. 이 경기는 우리 전술에 일본이 보기 좋게 걸려든 느낌이었습니다. 우리 팀은 조금 소극적인 태도를 취해 일본의 볼란테_{수비형 미드필더를 뜻하는 축구 용어. 포르투갈어에서 유래되어 브라질 선수들을 통해 일본에 정착했다—옮긴이}를 철저히 방어했습니다. 그랬더니 볼란테인 스즈키 게이타_{우라와 레드다이아몬즈}가 공을 받기 위해 물러났기 때문에 수적 우위에 설 수 있었습니다.

경기는 후반 24분에 동점으로 추격을 당해 1 대 1이라는 아쉬운 결과로 끝났는데, 비기는 것과 이기는 것은 전혀 다릅니다. 이겼으면 '정대세가 일본을 누른 거나 마찬가지였을 텐데'

하는 생각에 조금 아쉬웠습니다. 하지만 골이야말로 포워드라는 걸 증명합니다. 그 골을 바로 제가 넣은 것입니다. 더구나 상대가 일본이었기 때문에 경기장에서 저의 존재감을 보여줄 수 있었습니다.

한국 수비는 강했다

다음 대전 상대는 한국이었습니다. 지금은 제 마음속에서 한국전이 큰 비중을 차지하고 있습니다. 하지만 당시에는 그렇지도 않았습니다. 분명히 제 국적은 한국이고, 할아버지 고향도 한국입니다. 하지만 실생활에서는 거의 느끼지 못했기 때문에 다른 나라와 붙을 때보다 약간 더 자극을 받은 정도였습니다. 일본전처럼 인생을 건다는 느낌은 아니었습니다.

다른 선수들은 한국전을 상당히 의식한 모양이었습니다. 아니, 눈에 불을 켜고 덤볐다는 게 맞을 것 같습니다. 역시 질 수는 없는 일입니다.

조선 국가가 울려 퍼졌을 때는 역시 울었지만, 일본전처럼 펑펑 울지는 않았습니다. 조선 국가는 초등학교 때부터 시업식, 종업식 같은 행사가 있을 때마다 항상 들었기 때문에 친숙했습니다. 한편 한국의 애국가는 들은 적이 없었습니다.

실은 이 경기가 있는 날, 오전에 조금 달리고 오후에 낮잠을 잘 생각이었는데, 긴장해서 잠이 오지 않았습니다. 그래서 몸이 조금 무거웠습니다. 하지만 우리 팀 선수가 퇴장을 당하자 그것이 오히려 팀을 자극해 모두 움직임이 좋아졌습니다. 결국 후반 27분에 제가 골을 넣는 데 성공했습니다.

수비 라인을 길게 넘어온 공을 받아 상대를 잘 밀치면서 골을 넣을 수 있었습니다. 아주 좋은 골이었습니다. 결과는 1 대 1로 비겼지만 한국 수비가 얼마나 대단한지 놀랐습니다. 빠르고 강하고 높게! 세 박자를 모두 갖추었습니다. 교토 상가 소속의 곽태휘지금은 울산 현대 소속−옮긴이도 굉장하고, 다른 수비수도 실력이 뛰어났습니다.

일본 팀도 나카자와 소타나 다나카 마르쿠스 툴리오 선수나고야 그램퍼스는 세지만, 수비수의 스피드로 따지자면 역시 한국과 일본은 다릅니다. 한국 선수는 강한 데다 빠르기까지 합니다. 그런 점에서 일본 선수는 어느 한쪽에 치우쳐 있습니다.

한국전에서 저는 전혀 자유롭지 못했습니다. 한 골을 넣은 것 말고는 찬스도 없었고, 아무것도 할 수 없었지요.

마지막 중국전에서는 이기면 우승할 가능성도 있었는데, 먼저 치고 나갔지만 집중력이 없는 실점을 거듭해서 1 대 3으로 졌습니다. 그게 실력이라 생각했습니다. 일본과 한국과는 실력 차가 있어도 동점 경기를 펼쳤지만, 조금 무너지면 중국에도 지고 맙니다. 아직 미숙한 팀이었기 때문에 기복이 심한 거죠.

인민 루니

동아시아 축구 선수권에서는 일본과의 경기에서 골을 넣은 터라 일본에서 어떤 반응을 보일지 기대하며 돌아왔습니다. 신문에 제가 나온 기사를 보는 것만으로도 기뻤습니다.

재일의 반응이 뜨거웠습니다. 조선 대 일본 경기는 역시 화제여서 아는 사람들이 모두 감격해하며 메일을 보내거나 전화를 걸어주었습니다. 국적을 바꾸는 것을 계속 반대했던 아버지도 제가 활약하는 걸 보고 기뻤던 모양입니다. 그래도 역시 일본전은 1점 더 넣어서 이겼어야 하는데 아쉬움이 남았습니다.

그런데 한국전에서 골을 넣은 후 한국에서 열광했습니다. 파면 팔수록 여러 가지가 나올 듯 복잡해서랄까, 화제성 있는 성장 과정 때문일까요? 어쨌든 쏟아지는 관심이 재미있습니다.

경기가 끝나자 한국 방송국에서 발 빠르게 한 시간쯤 되는 다큐멘터리를 방송했고, 신문 취재도 꽤 많이 받았습니다. 저는 일본에서 자란 만큼 〈다운타운의 고츠에에칸지〉나 〈아메토크〉 같은 일본의 텔레비전 방송에 나왔다면 기쁨을 실감할 수 있었을 테지만, 한국 방송은 잘 모르기 때문에 특별히 신난다는 느낌은 들지 않았습니다.

이 경기 후 한국에서는 저를 '인민 루니'라고 부르게 되었습니다. 나름대로 기분이 좋았습니다. 영국의 스트라이커 루니맨체스터 유나이티드는 뛰어난 선수니까요. 다만 루니는 제가 목표로 하던 타입의 선수는 아니었습니다.

당시 제가 목표로 삼은 선수는 힘으로 압도하는 코트디부아르 대표팀의 디디에 드로그바첼시 같은 선수였습니다. 그런데 월드컵에서 대전해보고 도저히 목표로 삼을 선수가 아니라는 걸 알았습니다. 그 강함은 타고나지 않으면 불가능한, 감히 흉내 낼 수 없는 것입니다.

그래서 지금은 루니로 방향을 바꿨습니다. 그러니까 지금은 '인민 루니'라는 이름이 무척 마음에 듭니다.

훈련에서 세계와 차이를 느끼다

조선 대표팀은 세계 톱 수준의 팀과는 전혀 다릅니다. 일본은 환경 면에서 세계 최고라고 생각하는데, 조선은 환경부터 큰 차이가 납니다. 완전히 색다른, 오리지널 환경입니다.

우선 프로 팀이 없어서 선수들이 1년 내내 함께 행동해야 합니다. 이것은 장점도 있지만 선수들의 생활이 철저히 보호되는 만큼 선수들이 바깥세상을 모른다는 단점이 있습니다. 저에게는 사실 충격이었습니다. 훈련의 질과 시간 면에서, 이렇게 하면 더 좋을 텐데 하는 아쉬운 부분이 많습니다.

일본에서는 스태프들도 어떻게 하면 선수들에게 동기를 부여할 수 있을까, 어떻게 활기찬 기분을 갖게 해줄까 궁리하여 언제나 새로운 자극을 주려고 합니다.

그에 비해 조선에서는 어떨까요. 2010년 남아공 월드컵 때 감독은 훈련을 짧게 하는 스타일이었는데, 대신 항상 정형화된 트레이닝을 반복하여 질려버렸습니다. 코치도 감독 방침에 따라 훈련 매뉴얼을 짜기 때문에 별 고민 없이 전부터 해오던 방식으로 했습니다. 그래서 저는 코치에게 "좀 더 다양하고 풍부한 훈련을 해야 하지 않겠습니까?" 하고 부탁했습니다. 조금만 궁리를 해도 축구를 즐겁게 할 수 있는데, 아마도 축구에 대한 사고방식과 한판 승부에서 이겨야 하는 게 숙명인 대표팀의 입장 차이 때문인지도 모르겠습니다.

예를 들어 조선에서는 연습 때도 45분 동안 홍백전을 자주 하는데, 힘들어서 언제나 도중에 해이해지고 맙니다. 중간에 2~3분 쉬는 시간을 넣어 물을 마시게 하면 좀 더 긴장감을 갖고 임하지 않을까 싶습니다. 또한 홍백전도 스리터치로 제한하면, 주위에서 적극적으로 도움을 주게 되어 한층 질 좋은 경기를 펼칠 수 있을 것입니다. 도구든 훈련 매뉴얼이든 연구하는 자세에서 세계와 차이를 느낍니다.

저는 대표팀에 한 달 동안 참가했을 뿐인데도 훈련이 단조로워 질렸습니다. 이걸 1년 내내 하면 아무리 좋아하는 축구라도 질릴 수 있겠구나 싶었습니다. 남들과 다른 축구 이론으로 이겨 온 팀이라 어쩔 수 없지만, 일본에서 자란 저도 즐길 수 있는 훈련을 했으면 좋겠다고 생각했습니다.

터져버린 불만

동아시아 축구 선수권이 끝나자마자 남아공 월드컵 아시아 제3차 예선이 시작되었습니다. 동아시아 선수권에서 싸운 한국과는 같은 조였습니다.

2008년 3월 28일, 당시 남북 간 정세의 영향으로 한국과 예정된 홈경기는 평양 대신 제3국에서 열렸습니다. 중국 상하이에서 열렸지요. 최종 예선도 한국과 홈경기는 상하이에서 열렸는데, 솔직히 이러한 정치 사정에는 위화감을 느꼈습니다. 그럼에도 선수들의 투지는 변함이 없었고, 경기는 0 대 0으로 비겼습니다.

석 달 뒤에는 서울에서 한국전이 열렸습니다. 저는 한국에서 주목받았기 때문에 그 평판을 떨어뜨리지 않기 위해서라도 좋은 결과를 남기고 싶었습니다. 한번 얻은 신뢰를 잃는 것이 그러하듯, 한번 얻은 인기를 잃는 것도 괴롭습니다. 한국에서도 광고 출연이나 언론에 등장하고 싶은 욕심이 있었습니다. 하지만 그러한 감정을 경기에 끌어들인 것은 너무나 어리석은 일이었습니다.

저는 철저한 팀플레이를 하지 못하고 들떠 있었던 것 같습니다. 안절부절못하는 것은 언제나 있는 일이지만, 이 경기에서는 특히 더했습니다. 수비로 물러나 앞선의 공이 또 다른 포워드인 홍영조 선수 쪽으로 갑니다. 홍영조 선수는 저한테 전혀 볼을 주지 않곤 해서 스트레스가 쌓인 상태였습니다.

경기를 치를 때마다 언제나 스트레스와 싸우는 것이 선수의 숙명이지만, 이때는 폭발해버렸습니다. 다들 보는 앞에서 으르렁댄 것은 아니어도 건방진 태도를 보인 것은 사실입니다. 하프타임에 감독이 이야기하는데도 뿌루퉁해서 스트레칭을 하기도 하고 엎드려 있기도 했으니까요.

'이런 팀으로 어떻게 이겨? 눈곱만큼도 재미없잖아' 하고 생각했습니다. 경기가 끝난 뒤에도 곧바로 옷을 갈아입고 혼자 버스에 올라탔습니다. 대표가 된 것이 후회스러울 참이었습니다.

이런 점이 저의 인간적 미숙함을 보여주는 증거이고, 안영학 선수와 다른 점입니다.

경기는 0 대 0으로 비겨서 다행히 아시아 최종 예선에는 진출했습니다. 그런데 경기가 끝난 뒤에 일부 선수들이 "대세는 필요 없으니까 우리끼리 하게 해주세요"라고 요구했고, 주장이 감독에게 그 말을 전한 모양입니다. 감독은 "포워드는 그 정도 성격이 아니면 해나갈 수 없다"며 저를 감싸주었다고 합니다.

한편 저는 저대로 '대표로 불러주지 않아도 상관없어' 하고 생각했습니다. '스트레스만 쌓이고 뛰어봐야 소용없어. 그런 약체 팀으로 어떻게 월드컵에 나가겠어. 나한테 이렇게 나온다면 관두지 뭐' 하는 마음이었습니다.

그런 교만함에 제동을 걸어준 사람이 이태용 감독님과 어머니였습니다. 이태용 감독님은 일부러 가와사키까지 찾아와서 경기를 지켜보았습니다. 경기가 끝난 후에 불고기를 먹으면서 감독님은 이렇게 말했습니다.

"네 뿌리를 잊지 마라."

저는 이 말을 이렇게 받아들였습니다. '네가 잊은 게 뭔지 생각해봐. 어떤 환경에서 자랐는지, 처음부터 되돌아봐. 자기 뿌리를 소중하게 여기지 않는 사람은 크게 될 수 없어. 아이치의 그라운드를 기억해봐!'

저는 가슴이 먹먹해졌습니다. 흔해 빠진 말이지만 나를 잘 아는 사람, 내가 신뢰하는 사람이 한 말이기 때문에 그 말이 무겁게 마음에 울리는 겁니다. 저는 그분의 한마디에 제 어리석은 행동을 뉘우쳤습니다.

어머니는 전화로 이런 말을 했습니다.

"지금 네가 그 자리에 서 있는 게 누구 덕이라고 생각하니?"

역시 어머니다운 따끔한 말이었습니다.

J리그를 대표해서

3차 예선이 끝난 뒤인 2008년 8월 2일, 도쿄 국립경기장에서 J리그 대 K리그 올스타전이 열렸습니다. 저는 J리그 선발팀에 뽑혀 경기에 출전했습니다. J리그 대표로 뛰게 되어 기뻤습니다. J리그를 대표해 싸운다고 마음을 다잡고 경기에 임했습니다.

J리그 선발은 가시마 앤틀러스의 올리베이라 Oswaldo De Oliveira Filho 감독이 맡았습니다. 실력 있는 선수가 벅적거리는 J리그 중에서 감독이 저를 선택해준 것은 의외이기도 했고, 그만큼 고마웠습니다. 더욱이 선발 선수입니다. 일본 대표와 붙었을 때만큼이나 의욕이 충천했습니다.

결과는 1 대 3으로, J리그 선발 팀이 완패했습니다. 패전이 제

탓은 아니었나 생각합니다. 제가 슛을 하나라도 성공시켰다면 이겼을 텐데, 중요한 순간에 득점하지 못했습니다. 이듬해에 한국에서 열린 올스타전에서 마르키뇨스_{당시 가시마 앤틀러스}와 주니뉴_{당시 가와사키 프론탈레}를 투톱으로 세운 J리그 선발 팀이 깨끗이 이긴 걸 봐도 '결정적인 순간에 골도 넣지 못하고 뭐하나?' 하는 마음이 들었습니다.

지금 J리그에는 한국인 선수가 많은데, 저는 한국인 선수와 별로 교류가 없고, 거의 의식하지도 않았습니다. 주빌로에 있던 한국 대표팀 스트라이커 이근호 선수_{감바 오사카}와는 가끔 만났습니다.

이근호 선수하고는 주로 축구 이야기를 합니다. 대표팀 이야기도 물론 합니다. 같은 대표팀 스트라이커로서 고민을 털어놓기도 하지만, 언젠가 운동장에서 대전할 수 있기 때문에 서로 팀 이야기가 나오면 모든 것을 말하지는 않고 적당한 선에서 그칩니다.

같은 재일에게는 지고 싶지 않아

J리그에는 재일 선수가 제법 있습니다. 저는 재일 선수에게는 지고 싶지 않습니다. 재일 중에서 제가 톱이 아닌 게 싫고, 항상

주목받는 입장에 서고 싶다는 생각이 강하기 때문입니다.

다만 베갈타 센다이 양용기 선수나 산프레체 히로시마 이충성일본 이름은 이 다다나리 – 옮긴이이 골을 넣으면 손뼉을 치며 좋아합니다. 그런데 득점이 나를 앞설 때는 마음이 복잡해집니다. 독일에 오기 전에 양용기 선수와 득점왕을 놓고 겨뤘는데, 겨루는건 좋은데 리드당했다면 복잡한 기분이 될 수밖에 없습니다.

하지만 양용기 선수는 인간적으로 훌륭하고, 이충성도 일본국적을 취득하긴 했지만 혼을 잃지는 않았습니다. 함께 있으면기분 좋은 녀석이라, 인간적으로 둘 다 아주 좋아하는 선수입니다. 두 사람이 잘 풀리지 않을 때는 응원하고, 잘나가고 있을 때는 '날 앞지르지 마' 하는 것이 제 솔직한 기분입니다.

사람들에게는 알려지지 않았지만 사실은 재일인 축구선수가더 있을 것입니다. 월드컵이 끝난 후 어느 파티에서 재일이라는소문이 돌던 선수를 만났을 때 "너도 재일 아니야? 공개해버려" 하며 캐물은 적이 있습니다. 그 선수는 웃으며 "아니예요"하면서 끝까지 부인했습니다. 그냥 소문일 뿐인가 하는 생각도듭니다.

재일이라는 사실을 숨기는 선수가 몇 명은 있을 겁니다. 다만그들은 그런 질문을 받는 걸 싫어하겠지요. 그것도 그들이 살아가는 방식이기에 굳이 건드리고 싶지는 않습니다.

일본하고 맞붙고 싶었다

9월이 되자 벌써 남아공 월드컵 아시아 최종 예선이 열렸습니다.

2차 예선 때는 이 팀으로 월드컵은 솔직히 어렵다고 생각했습니다. 그런데 결과는 무실점! 그렇긴 해도 최종 예선은 어디와 붙든지 간에 그리 간단하지는 않을 거라고 짐작했습니다. 그러니까 상대는 어디가 되든 상관없었지요.

다만 일본과 붙고 싶었습니다. A조와 B조로 나누어 치르는 최종 예선에서 일본과 붙게 될 확률은 50퍼센트. 저는 맞붙을 가능이 높다고 생각했습니다.

조 편성이 끝나고 프론탈레 홍보 담당한테서 전화가 왔는데, 첫마디가 "죽음의 조예요" 하는 겁니다. 아아, 다른 조가 됐구나, 하고 실망했습니다.

조선은 B조에 속했는데 한국, 사우디아라비아, 이란, UAE아랍에미리트연방 같은 강호가 모여 있어서, 확실히 죽음의 조였습니다. 하지만 그런 건 아무래도 좋았습니다. 홍보 담당에게도 "아 그래요?" 하고 차갑게 대답했습니다. 일본과 다른 조가 된 게 충격이었습니다. 그것 말고는 어디랑 붙든지 관심도 없었습니다.

저는 첫 경기인 UAE전에는 나가지 않았는데, 2 대 1로 이겼습니다. 지금 생각해보면 그 승리가 컸습니다.

2009년 월드컵 최종 예선 한국전에서 수비수와 맞붙다.

한국과 맞붙는 홈경기는 또다시 상하이에서 열렸습니다. 먼저 치고 들어갔지만 한국에 추격당해 1 대 1로 비겼습니다.

그 뒤에 홈에서 열린 경기에서 강호 사우디아라비아와 UAE를 연파해 한때는 우리가 1위에 올랐습니다. 그리고 2009년 4월 1일, 이번에는 서울에서 한국과 대전하게 되었습니다.

환상의 골

서울에 가기 전에는 조선에서도 역시나 관심이 높고 긴장감이
감돌았습니다. 절대로 져서는 안 된다, 정대세와 안영학은 언론
대응에 주의하라는 통보가 있었습니다. 서울에서 남북이 겨룬
다는 것은 굉장히 큰 의미가 있을 터입니다. 선수들도 확실히
고무되었습니다.

그런데 경기를 치르기도 전에 문제가 생겼습니다.

선수 세 명이 식중독에 걸린 것입니다. 다른 것은 입에 대지
않았으니 호텔에서 내놓은 음식이 원인이었을 거라고 짐작되지
만, 정확한 내용을 알 수 없습니다. 팀 스태프들은 무섭게 화를
냈습니다. 저는 일부러 그런 게 아니라고 생각하지만, 월드컵에
진출하느냐 못하느냐 하는 결전을 앞둔 상황에서 그냥 넘어갈
수 있는 문제는 아니었으니까요.

전날에는 우리와 즐겁게 이야기를 나누던 요리사들이 서먹한
듯 고개를 숙이고 있었습니다. 요리사로서 치명적인 실수를 저
질렀으니, 어떤 의미에선 당연한 일입니다. 전날까지 밝았던 사
람들이 고개를 푹 수그리고 있는 모습을 보자니 오히려 가슴이
아팠습니다.

드디어 한국과의 경기가 벌어졌습니다. 0 대 0 상황에서 후
반전이 시작되었습니다 1분 후 제 헤딩슛이 골대에 맞고 공 두

개 길이만큼 골에 들어갔지만 득점으로 인정되지 않았습니다. 2010년 월드컵에서 영국의 램퍼드가 넣은 '환상의 골'이 독일의 골문에 훨씬 더 깊이 들어갔는데도 노골로 선언되었으니, 뭐 이건 어쩔 수 없겠지요.

결국 후반 42분에 결승골을 먹어서 0 대 1로 졌습니다. 제 '환상의 골'에 대해서는 저보다 주변 사람들이 더 억울해했습니다.

하지만 저는 그것도 축구의 일부라고 생각합니다. 누가 봐도 의문을 갖지 않을 만큼 확실하게 들어갔다면 항의를 하겠지만, 어쩔 수 없습니다. 지금은 조금 분한 마음이 들긴 하지만 그때는 억울하지 않았습니다. 들어갔다면 선제점이었으니 한국에 이겼을지도 모릅니다. 지금도 오심이었다는 생각이 듭니다.

꿈이 이루어지다

아시아 최종 예선 B조에서는 한국이 일찌감치 본선 진출을 결정지었습니다. 한 장 남은 진출권을 놓고 대혼전 속에 마지막 날을 맞이했습니다. 마지막 날에는 서울에서 한국과 이란의 경기가, 사우디아라비아에서는 조선의 원정 경기가 있었습니다.

시차 때문에 한국과 이란의 경기가 먼저 치러졌습니다. 저는 잠을 자두려 했는데, 도무지 잠을 잘 수가 없었습니다. 만약 이란이 이기면 조선은 사우디아라비아에 꼭 이겨야 하고, 비기거나 이란이 지면 조선 역시 비겨도 되었기 때문입니다. 안영학 선수와 함께 간절한 마음으로 텔레비전을 보았습니다.

한국은 본대회 진출을 이미 결정지었음에도 주전 멤버로 시작해, 마지막에는 박지성이 동점골을 넣었습니다. 굉장히 어려운 골을 중요한 순간에 넣은 데다, 결과적으로 우리 팀을 밀어 올리는 일이 되었습니다. 역시 박지성이라고 생각했습니다. 이때부터 저는 진심으로 박지성 팬이 되었습니다.

이번에는 우리 차례입니다. 어떤 경기에서도 긴장한 적이 없는데, 이때만은 바짝 긴장했습니다. 일주일 전부터 줄곧 경기 치르는 꿈을 꾸었습니다. 꿈속에서 사우디아라비아에 2 대 1로 이긴 순간 잠에서 깬 적도 있습니다.

우리는 비기면 되는 상황이었기 때문에 아무튼 점수를 내주지 않기 위해 앞선에서 상대방 볼란테를 방어해서 철저하게 수비했습니다. 끝까지 0점을 지켜내는 데는 아시아 어느 나라보다 자신이 있었습니다.

경기는 상당히 격렬했습니다. 심판이 사우디아라비아 편을 들어주는 게 눈에 보일 만큼 믿을 수 없는 오심을 반복했습니다. 이래도 되나 싶은 판정도 있었습니다. '이 심판, 상대 팀한테 매수된 거 아니야?' 하는 생각이 뛰는 와중에도 머리를 스쳤을 정도입니다.

　그날 원정 경기에서는 심판 판정까지 상대 팀에게 유리하게 이루어진다는 것을 실감했습니다. 그런 불리한 싸움 속에서 예선을 돌파한 것은 굉장히 의미 있는 일이었습니다.

　인저리타임은 6분이었던 걸로 기억합니다. 그건 이미 예상한 일이었습니다. 전반부터 골키퍼가 쓰러지고, 지연 행위로 옐로카드를 받기도 하고, 코너 플랙에 가기도 하면서 시간 끌기를 했을 정도니까요. 보는 사람은 마음을 졸였겠지만 우리는 각오한 일이었습니다.

　결국 목표한 대로 0 대 0으로 비겨서 44년 만에 월드컵 본선 진출에 성공했습니다. 꿈이 이루어진다는 건 이런 거겠지요. 오랫동안 월드컵은 너무나도 요원한 꿈이었습니다. 꿈이 이루어지는 순간은 좀처럼 맛볼 수 없습니다. 다가가면 꿈은 저만치 달아나버립니다. 혹은 다가가면 목표로 바뀌어버립니다. 하지만 사우디아라비아에서 맛본 그 순간은 꿈과 현실이 딱 맞물렸습니다. 기쁨의 기폭 스위치를 누른다고나 할까요, 그 순간 우리는 경기장에 누웠다가 일어나 외치고, 다시 누웠다가 일어나 울부짖기를 되풀이했습니다.

스치는 불안

월드컵 본선 진출이 확정되었을 때 조선 사람들과 재일이 단지 기쁨에 겨워 법석을 떤 것은 아니었다고 생각합니다. 우리는 역사를 움직였기 때문입니다. 월드컵 본선 진출은 기쁘다는 말 한마디로는 다 표현할 수 없는 위업입니다.

월드컵 진출이 결정되고 일주일 내내 저는 끊임없이 울었습니다. 돌아오는 비행기 안에서는 10분 간격으로 눈물을 흘렸습니다. 설마 죽음의 B조를 돌파하리라고는 예상하지 못했고, 꿈조차 꾸지 못했던 월드컵 경기장에 동료들과 함께 설 수 있다니 상상도 못한 일이었습니다.

조선 대표팀은 2차 예선에서는 엉망이었지만, 경기를 할 때마다 성장했습니다. 점점 실력이 향상되는 게 느껴져 무척 듬직했습니다. 수비수도 처음에는 어색한 빌드업을 했는데, 기술을 익혀 경기를 지배하는 법에 눈떴고, 공격도 점점 원활해졌습니다. 최종 예선은 자부심을 가질 만한 경기였습니다. 2차 예선에 비해 축구가 비교할 수 없을 만큼 즐거워졌습니다. 즉 싸우는 법을 알게 된 것입니다. 무엇보다 우리를 싫어하는 상대를 보고 있으면, 우리는 꽤 센 게 아닐까 하는 생각이 들었습니다. 그리고 조선 대표팀에 대해 가졌던 인상이 틀렸다는 걸 깊이 느꼈습니다.

실제로 최종 예선 때는 일본 대표팀과 붙어도 이길 수 있을 것 같았습니다. 한국 대표팀의 포워드도 우리 수비수가 잘 막아냈으니까요. 지금 세계가 지향하는 맹공 위주의 스페인 축구와는 달리 철저히 수비 위주이지만, 국제 경기 경험이 적은 조선 대표에게는 가장 적합한 전술이라고 느꼈습니다. 외국인 감독이 아니라 김정훈 감독이었기 때문에 월드컵에 나갈 수 있었다고 생각합니다. 외국인 감독이 와서 다른 대표팀 경기 방식에 맞추었다면 이길 수 없었을 겁니다. 공격에 무게를 두면 각 수비수가 져야 할 부담이 늘기 때문입니다.

실제로 조선 팀은 제가 물러나면 10백중요한 자리를 선점하고 수비에만 전념하는 축구 전술-옮긴이이 되어버릴 정도로 수비 위주의 축구를 했습니다. 궁극적으로 지지 않는 축구라고 해도 좋겠지요. 일본처럼 언론에서 대표팀을 두드려대는 일이 없기 때문에 그것도 괜찮은 전술일지 모릅니다. 하지만 일본에서 이 같은 수비 축구만 계속한다면, 서포터들이 경기를 보러 오지 않을 겁니다. 하지만 조선에서는 서포터도 철저하게 응원합니다.

월드컵 본선 진출이 확정된 순간의 기쁨이 조금 가라앉자 이번에는 걱정과 두려움이 밀려왔습니다. 예선에서 누적된 경고가 월드컵 본선 경기에도 영향을 미치는 게 아닐까. 뭔가 예기치 못한 일이 일어나서 본선 진출 자격을 박탈당하는 건 아닐까. 부상 때문에 경기에 나가지 못하는 것은 아닐까 등등 온갖 걱정에 휩싸인 나날을 보냈습니다.

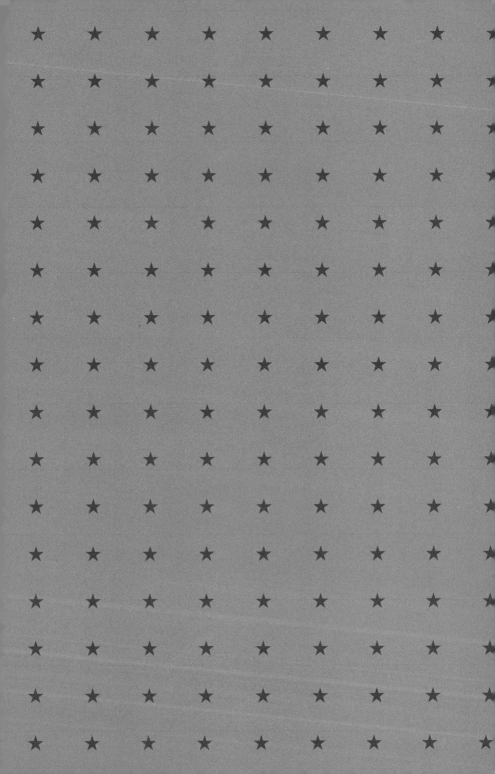

제5장
꿈에 그리던 무대를 앞두고

이 자리에서는 제가 월드컵에 나가기까지

지나온 길을 영상으로 보여주었습니다.

고등학교 때 평양 양각도 경기장에서

'조선 대표가 될 거야' 하고 선언했던 장면 등을 모은

영상을 보는데 저도 모르게 코끝이 정해져서

울고 말았습니다.

여기 이르기까지 힘들었구나.

꽤 험한 길을 걸어왔구나.

(제5장)
꿈에 그리던 무대를앞두고

강호들이 모인 '죽음의 조'

2009년 12월 4일, 월드컵 본선 경기 조 편성이 끝났습니다. 조선은 브라질, 포르투갈, 코트디부아르와 같은 조가 되었습니다. 강호들이 모인 '죽음의 조' 였지만 저는 솔직히 기뻤습니다.

왜냐하면 브라질, 포르투갈, 코트디부아르 대표팀과 경기하는 것만으로도 대단한 경험이라고 생각했기 때문입니다. 이런 강호국과 겨뤄서 한 골이라도 넣을 수 있다면, 저는 그 순간 세계적인 축구 스타가 됩니다. 경기 중에 저에게 많은 기회가 올지는 알 수 없지만, 90분 중 한 번은 그런 기회가 올 것이고, 그러면 반드시 골을 넣겠다고, 그래서 세계적인 스트라이커가 되겠다고 마음먹었습니다. 게다가 우리 조선 대표에게 잃을 것은 아무것도 없습니다.

어쨌든 1승이라도 한다면 조선 대표팀은 축구 역사에 남을 것이고, 저 자신이 세계에 날개를 펼칠 기회도 됩니다.

하지만 어려운 시합이 되리라는 걸 알고 있었습니다. 물론 지고도 기뻐할 축구선수는 없습니다. 모든 경기에서 이기고 싶은 게 축구선수라는 존재지요. 그런 입장에서 보면, 상대가 그렇게 강호만 아니었으면 좀 더 잘할 수 있었을 거라는 마음도 듭니다.

본선 진출이 결정되었을 때 우리는 생각했습니다. 월드컵에 진출하는 팀이 모두 브라질만큼은 아니어도 우리가 맞설 수 없는 상대들이라고. 그런데 대회 전에 나이지리아, 그리스와 경기를 하고 '어, 아니잖아?' 하고 생각을 고쳐먹었습니다. 분명 나이지리아는 강하고, 결국 우리가 1 대 3으로 졌지만, 아주 당해낼 수 없는 상대는 아니었습니다. 게다가 그리스는 팀으로서는 미완성으로, 2004년에 유럽 챔피언을 거머쥐었던 실력은 찾아볼 수 없었습니다. 그래서 본선이 다가올수록 같은 조에 속한 상대가 다른 팀이었다면 좋은 성적을 낼 수도 있을 거라고 생각했습니다.

맨 얼굴의 북조선 대표

월드컵, 아니 2010년에 들어서자마자 조선 대표팀은 터키 안탈리아에서 합숙훈련을 가졌습니다.

선수들은 의욕에 차 있었습니다. 그전에는 훈련하다가 단조로운 트레이닝에 질리면 어물쩍 넘어가기도 했는데, 이번에는 달랐습니다. 요령을 부리지도 않고 모두 진지한 표정으로 열심히 훈련에 전념했습니다. 모든 선수들의 투지가 월드컵을 향해 점점 달아오르는 걸 실감할 수 있었습니다.

시즌 오프를 맞아 대표팀에 합류한 저는, 다른 선수들의 기합에 눌릴 정도였는데, 그것은 굉장히 기분 좋은 변화였습니다. 팀이 월드컵 본선 진출을 실감하고 정신력이 높아진다는 게 눈에 보였기 때문입니다. 저는 조선 국가대표 선수로 선발되고 나서 처음으로, 진심으로 즐거웠습니다.

조선 대표선수들은 모두 인간적으로 굉장히 멋집니다. 순수하고, 많은 정보를 모르는 만큼 호기심이 왕성합니다. 남을 험담하지 않고, 파벌 따위도 전혀 없습니다. 단체를 중시한다고는 해도 숨 막히게 딱딱하지 않고, 가족 같은 분위기입니다.

그중에서도 포워드인 홍영조 선수는 빈틈없는 리더입니다. 그러면서도 다가서기 어려운 타입은 아닙니다. 가끔 후배들이 놀려먹거나 핀잔을 주기도 할 정도입니다.

홍영조가 있을 때와 없을 때, 팀은 완전히 다른 모습으로 변합니다. 홍영조는 차원이 다른 선수라고 생각합니다. 홍영조 선수에게 공이 가면 흐름이 원활해지기 때문에 경기도 당연히 홍영조 선수를 중심으로 운영됩니다.

그런데 이게 어려운 점입니다. 월드컵 예선 때는 명백히 제가 자유로운 위치에 있는데도 홍영조 선수에게 패스가 가고 저에게는 오지 않아, '일부러 나한테 공을 안 주는 거 아냐?' 하는 생각이 저절로 들었습니다. 더욱이 '재일이니까 패스하지 않는 거 아니야?' 하고 피해망상에 가까운 생각을 하기도 했습니다. 그러다 보니 불만이 쌓이고 스트레스가 이만저만이 아니었습니다. 그런 불만이 저의 태도에서 고스란히 드러나다 보니 다른 선수들이 공을 패스해주지 않게 된 것은 당연하다고 생각합니다. 실제로 연습 중에 제가 갑자기 플레이를 관두거나 하면, 다른 선수들은 마음에 들지 않을 테지요. 팀 스포츠에서는 있을 수 없는 일이니까요. 그러한 갈등은 제 속에서도, 팀 속에서도 있었습니다.

그런 제가 팀에 녹아 들어가는 데는 안영학 선수와 리한재 선수의 존재가 아주 컸습니다. 재일 선수의 지위를 확립한 것은 **바로 그들이고** 조선대학교 김광호 감독이 그들의 선배인데, 조금 나이가 있어 요즘 선수들은 모를 겁니다. **그들이 쌓아온 신뢰가 있기 때문에 저도 너그러이 받**

아주었다고 생각합니다.

존경하는 선배 안영학

대표 합숙에서 안영학 선수와 2인실을 함께 쓰게 되었습니다. 안영학 선수와 같은 방을 쓰게 된 게 저로서는 정말 잘된 일이었습니다. 조용하고 까칠한 데도 없고 남에게 상처 주는 일도 없는 사람이라 얘기를 나누기도 편하고, 어리석은 제 불평도 잘 들어줍니다. 조언도 잘해주고, 주의를 줄 때는 또 확실합니다. 그래서 안영학 선수한테는 스트레스를 받지 않았습니다.

처음 대표팀에 합류했을 때, 저는 알 수 없는 말을 많이 하는 사람이었습니다. 제가 무슨 말을 하면 다른 선수들은 '?'를 붙이곤 했습니다. 같은 한국어여도 조선학교에서 쓰던 말과 실생활에서 쓰는 말이 빠르기나 높낮이에서 전혀 다르기 때문입니다. 그럴 때마다 안영학 선수가 통역하듯이 설명해주었습니다. 안영학 선수는 한국 K리그에서도 뛴 적이 있어서, 원어민 언어에 익숙했습니다. 조선어 어휘도 많이 알고 표현도 풍부합니다.

안영학 선수는 정말 신사적이고 서비스 정신도 투철한 통 큰 남자입니다. 제가 축구 방송 중에서 버라이어티라고 한다면, 안영학 선수는 스포츠 뉴스로서 정통한 코멘트가 실로 빛나는 스

존경하는 안영학 선배와 함께.

타일입니다. 부단히 자신을 갈고닦으며, 철저하게 노력하고, 엄살도 전혀 부리지 않고, 남에게 괜히 엄격하게 굴거나 과시적인 행동을 하지도 않습니다. 그렇기 때문에 대표선수들도 안영학 선수를 마음 깊이 따릅니다. 자란 환경이 전혀 다른데도 따르는 걸 보면, 언어보다는 친절함과 배려가 진심으로 통한다는 걸 절실히 깨닫습니다.

안영학이라는 빛이 저같이 미숙한 인간까지 비춰주는 듯한 기분이 듭니다.

조선 대표선수들은 제가 뭘 하든 관심이 많습니다. 개인적인 시간에도 대화하려고 방에 찾아오는데, 저는 혼자 있는 시간을 좋아합니다. 그런 마음을 감추지 못하고 티 나게 귀찮아하는 태도를 보이고 맙니다.

터키 안탈리아 캠프 때 안영학 선수는 다른 선수들보다 일주일 늦게 도착했습니다. 그동안 방에 저 혼자 묵었는데, 다들 제 성격을 아니까 아무도 찾아오는 사람이 없었습니다. 그런데 안영학 선수가 합류하자, 사람들이 끊임없이 우리 방에 찾아오는 겁니다. 안영학 선수도 즐거운 듯이 웃고 떠들면서 끝까지 상대를 해주곤 했습니다. 그야말로 안영학 선수는 빛입니다. 그 옆에 있으면 제가 얼마나 속 좁은 인간인지 알게 됩니다.

지금까지 만난 사람 중 안영학 선수보다 인간성이 좋은 사람을 본 적이 없습니다. 제 경우에는 확실히 올곧게 자란 면도 있어서, 순수하다고 말해주는 사람도 있지만, 사실 저는 순수하다는 이름을 가진 바보일 뿐입니다. 상당히 삐딱한 구석도 있습니다. 거기다 차가운 사람이고, 정도 별로 없는 편입니다. 안영학 선수 같은 사람이 되는 게 제 목표인데, 지금도 한참 멀었다는 현실이 한심합니다.

출정하기 전에

월드컵이 개최되는 2010년, J리그 개막은 평소와 다른 마음으로 맞았습니다. 어쨌든 대회까지 각자 실력을 쌓아야 한다는 걸 의식했습니다. 지금까지 가와사키 프론탈레는 주니뉴에게 철저히 의지하고 활용하는 방식을 취해왔습니다. 저의 목표는 주니뉴에게만 의지하지 않고 스스로 제 힘으로 돌파해서 결정적인 패스를 할 수 있도록 기량을 쌓는 것이었습니다.

두 달이 눈 깜짝할 새에 지나고 어느새 5월, 월드컵 개막이 코앞에 다가왔습니다.

월드컵을 향해 출정하기 전에 재일 동포들이 자리를 마련해 격려해주었습니다. 도쿄 조선고급학교에서 가진 이 자리에는 안영학, 양용기 선수도 함께 참가했습니다.

제 옆에 안영학 선수가 앉았습니다. 학생 때는 조선 대표 안영학 선수를 응원하는 재일 중 한 사람에 지나지 않았지만, 언젠가 안영학 선수처럼 응원을 받는 입장에 서고 싶었습니다.

막상 그 입장이 되고 보니 감격은 잠시, 나도 후배들을 위해 길을 닦아야 한다는 책임감이 막중했습니다. 월드컵, 그것도 매회 출전하는 게 하나의 길임에는 틀림없습니다. 하지만 단지 출전하는 데 그치지 않고 세계와 동등하게 겨룰 수 있어야 한다고, 더 높은 곳을 향해 길을 만들어야 한다고 생각했습니다.

모교인 아이치 조선고급학교에서도 격려회가 열렸는데, 여기에도 은사인 이태용 감독님을 포함해 500명이나 되는 사람이 모였습니다.

당연히 그분에게 인사하는 순서가 있었습니다. 수만 명의 관중이 지켜보는 가운데 축구를 하기 때문에 사람들 앞에서 말하는 게 그리 힘든 일은 아닙니다. 하지만 이때는 긴장해서 무슨 말을 해야 좋을지 생각이 나지 않았습니다.

처음에 '결혼식에 와주셔서 고맙습니다'라고 말했지요. 자리에 맞지 않는다는 건 알았지만 한번 말해보고 싶었습니다. 평소에도 말실수를 잘하는 캐릭터여서, 수습 안 되는 말을 했다가 후배들에게 바보 취급을 받거나 무시당하곤 한답니다.

그다음에는 진지하게 말했습니다. 성장 과정부터 시작해 "열심히 하고 오겠습니다"로 끝났습니다. "역사에 한 페이지를 새기고 오겠습니다"라는 식으로 멋지게 말했으면 좋았을 텐데, 후회가 됩니다.

이 자리에서는 제가 월드컵에 나가기까지 지나온 길을 영상으로 보여주었습니다. 고등학교 때 평양 양각도 경기장에서 '조선 대표가 될 거야'하고 선언했던 장면 등을 모은 영상을 보는데 저도 모르게 코끝이 찡해져서 울고 말았습니다. 여기 이르기까지 힘들었구나, 꽤 험한 길을 걸어왔구나, 생각하면서 과거로 마음이 달려갔습니다. 인간은 자신을 돌아봄으로써 비로소 지금까지 겪어온 어려움이나 소중함을 실감하는 것 같습니다.

굳이 조선 대표 대변자로

월드컵을 앞두고 스위스와 오스트리아에서 합숙을 했습니다.

1월에 했던 합숙과 비교하면 평소 상태로 돌아왔다고나 할까, 날마다 담담하게 훈련을 해냈습니다.

3월에 한국에서 천안함이 침몰하는 사건이 일어났습니다. 한국은 북한 어뢰에 맞은 거라고 단정했고요. 그래서 일본의 일부 언론에서는 '조선 선수단 긴장 상태'라는 보도를 했지만 전혀 그렇지 않았습니다. 저는 침몰 사건을 일본 보도를 보고 알았지만, 유럽 고지대에서는 알 도리가 없습니다.

다른 선수들은 언론에 거의 말을 하지 않습니다. 그러다 보니 제가 대변자 노릇을 하게 되었습니다. 다른 선수들이 침묵으로 일관하는 것은 예전에 불쾌한 경험을 많이 했기 때문입니다. 선수들이 무슨 말을 하면 언론에서는 축구와 전혀 관계없는 정치적 기사로 짜맞추었죠. 그들이 입을 꾹 다문 것은 그 때문입니다.

그런 상황이다 보니 제가 말을 하게 됩니다. 제가 일본에서 뛰는 프로 축구선수인 만큼 '대세와 영학이한테 도움이 될 거야'라며 팀에서도 적극적으로 우리가 언론에 대응하도록 장려해줍니다.

보훔에서 오퍼가 오다

월드컵 직전인 5월 27일, 오스트리아에서 그리스 대표와 연습경기를 했습니다. 유럽 스카우터가 와서 경기를 참관하고 있었습니다. 저에게는 좋은 기회가 될 수 있기 때문에 당연히 의식했지요. 2 대 2로 비겼는데, 조선 대표팀 2골을 모두 제가 넣었습니다. 결과를 낼 수 있어서 저는 만족했습니다.

그리스는 역시 손쉬운 상대였습니다. 키가 큰 만큼 속도가 빠르지 않아서 개인 기량으로 돌파할 수 있습니다. 그래서 즐거웠습니다.

이 경기를 계기로 독일 분데스리가 'VfL보훔'에서 저에게 손을 내밀었습니다. 하지만 월드컵을 앞두고 계약하는 건 이르다고 생각했습니다. 축구 인생에서 최고 무대, 내 실력을 보여줄 최고의 무대인 월드컵을 앞두고, 더구나 브라질, 포르투갈, 코트디부아르라는 최고 상대와의 경기를 앞두고 계약하는 것은 별로 내키지 않았습니다. 그 무렵 영국 2부 팀에서도 이야기가 있었기 때문에 서두를 필요가 있을까 싶어 많이 망설였습니다.

하지만 한편으론 일본이 아닌 해외에서 뛰고 싶다는 마음이 강했습니다.

J리그에서는 심판이 경기를 지나치게 자주 중단시켜서 조금 불만이었습니다. 상대가 넘어지면 곧장 파울을 주기 때문에 재미도 없고, 옐로카드도 유럽에 비해 남발되는 경향이 있습니다. 영국 프리미어리그를 보면, 어쨌든 선수는 넘어져도 아무 불평 없이 일어서고 심판도 호각을 불지 않습니다. 그런 걸 보면서 마음껏 격렬하게 뛸 수 있는 무대로 나가고 싶었습니다. 독일에 와서 즐거운 이유는, 독일이 그런 곳이기 때문입니다. 누가 저를 넘어뜨려도 심판은 거의 파울을 주지 않습니다. 저는 오히려 그런 점에서 쾌감을 느낍니다.

그러한 경기 스타일 문제와 더불어 나이를 생각해도 어쩌면 해외에 진출할 마지막 기회일지도 모른다고 여겼습니다. 스물여섯이라는 나이는 일반 사회에서는 젊지만 축구 세계에서는 전혀 젊지 않습니다. 실제로 지금 세계에서 가장 유명한 축구선수 세 명, 영국의 루니, 포르투갈의 크리스티아누 호날두레알 마드리드, 아르헨티나의 메시FC 바르셀로나는 저보다 어립니다.

남아공에 들어간 뒤로 대회 2~3일 전까지 고민하고 또 고민한 끝에 드디어 결단을 내렸습니다. 독일 분데스리가 2부 VfL보홈에 들어가기로 한 것입니다.

처음에는 2부라는 게 마음에 걸렸지만, 유럽에서 오래 뛴다면 이 선택도 나쁘지 않다고 판단했습니다. 어쨌든 우선은 유럽에서 뛰는 게 정말 중요합니다. 유럽까지 비행기로 10~20시간이나 걸리는 일본에서 뛰는 것과, 어디든 비행기로 한 시간이면 갈 수 있는 유럽에서 뛰는 것은 기동성, 컨디션, 대전 상대, 축구 환경 등 모든 조건이 눈에 띄게 다릅니다.

더 강한 1부 팀에 들어가면 좋은 패스를 받으며 기량을 쌓을 수 있다는 기대도 있었지만, 그래도 저의 선택이 옳았다고 생각합니다.

포르투갈어로 취재에 응하다

남아공에 들어갔을 때는 '아, 드디어 여기까지 왔구나!' 하는 생각에 전율이 느껴졌습니다. 아프리카 대륙에 발을 딛는 것은 처음이었고, 월드컵 출전 팀으로서 특별 대우를 받기도 해서 흥분했습니다.

요하네스버그 경기장은 작은 집들이 늘어선 마을에 있었습니다. 가난한 사람들이 많이 사는 지역으로, 어수선한 거리는 사람들로 북적거렸습니다. 저는 산 좋고 물 맑은 휴양지보다는 사람 냄새 나는 곳을 좋아하기 때문에 그 환경을 즐겼지요.

이 경기장에서 나이지리아와 연습 경기를 했는데, 가짜 입장권이 나돌아 입구 부근에서 폭동이 일어났던 모양입니다. 그 바람에 경기가 중단되었는데, 우리는 밖에서 무슨 소동이 벌어졌는지 알 수 없었습니다. 굳이 경기를 중단하는 게 이상하다고 생각했지만, 전혀 무섭지는 않았습니다.

저는 월드컵 모든 경기에서 골을 넣겠다고 언론에 공언했습니다. 터무니없이 높은 목표였는지는 모르지만, 어떤 경기든 반드시 한 번은 기회가 돌아올 거라고 믿었습니다. 그리고 그 기회를 살릴 줄 알아야 세계적인 포워드이며, 저에게도 가능성은 있다고 생각했습니다.

세계 무대에서 언론과 인터뷰할 때 일본어, 한국어, 영어, 포르투갈어까지 4개 국어로 해보기로 마음먹었습니다.

포르투갈어는 가와사키 프론탈레에 브라질 선수도 있고 해서 1년쯤 전부터 교재를 사서 혼자 공부했습니다. 언어 배우는 걸 좋아하고, 브라질 사람과 이야기하는 것도 즐거웠기 때문에 영어 공부보다 오래 계속했습니다. 제법 열심히 한 덕에 어느 정도 대화도 가능한 수준이 되었습니다.

인터뷰에서 나오는 질문들은 뻔하기 때문에 미리 대답을 준비해둘 수도 있고요. 그래서 경기 후 인터뷰는 상당히 쉽습니다.

기자가 축구와 관련 없는 정치 문제에 대해 질문하는 경우도 많았는데, 저는 오히려 반기는 편이었습니다. 물론 피할 수도 있지만, 그보다는 성의를 가지고 상대방 언어로 똑똑히 대답을 해 주면, 조선이나 저에 대한 고정관념을 깰 수 있기 때문입니다.

저는 항상 말합니다. 우리는 정치에 관여할 수 없지만 스포츠가 정치를 움직일 수는 있다고 믿는다고. 이것은 저의 지론입니다. 스포츠는 그렇게 커다란 가능성을 갖고 있습니다.

그런데 사소한 뉘앙스 차이가 오해를 불러일으키는 경우도 있고, 언론이 정보를 흘려보내는 방식에 따라 의미가 바뀌는 경우도 많습니다. 예를 들어 언론이 어떤 방향에 맞춰 이야기를 끌어가고 싶으면, 영상 속에서 거기에 맞는 말을 찾아 편집할 수도 있습니다. 그 때문에 거기에 말려들지 않고 인터뷰에 응하는 것이 중요하다고 생각해서 상당히 신경 썼습니다.

저는 기자를 상대하는 면에서는 활약했다고 생각합니다. 여러 나라 언론에 임팩트도 주었습니다. 브라질 기자가 포르투갈어를 할 줄 아는 조선 선수가 있다는 사실에 놀라서 눈이 휘둥그레졌던 것은 저의 자랑 중 하나입니다.

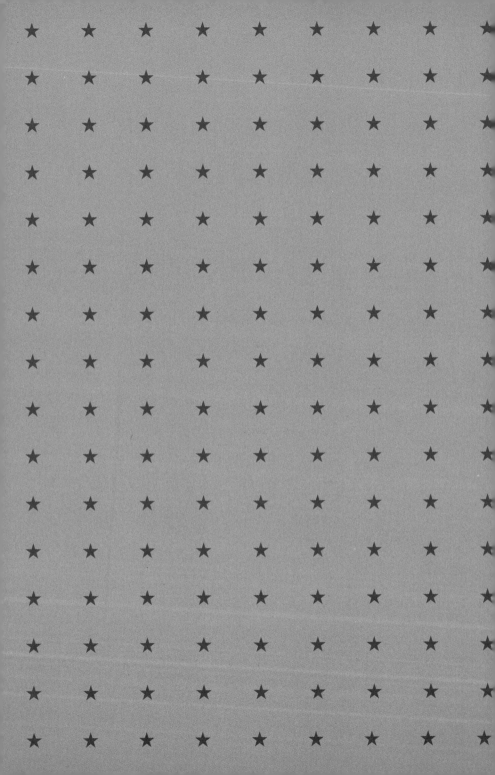

|제6장|

눈물, 눈물의 월드컵

차음에 브라질 국가가 연주되었는데,

벌써부터 눈물이 줄줄 흐릅니다.

텔레비전을 통해서만 듣던

브라질 국가가 경기장 안에 울려 퍼지자

이루 말할 수 없는 감동이 밀려들었습니다.

이윽고 조선 국가 '애국가'가 흘러나오자 더욱 울었습니다.

여러 가지 생각이 교차했습니다.

브라질전에서 국가가 나올 때 흘렸던 눈물은,

지금까지 제 인생에 대한 생각과

저를 지탱해준 사람들에 대한 고마움이 차올라

한꺼번에 터진 것입니다.

일본 대표에 대한 생각

2010년 6월 11일, 남아공 월드컵의 막이 올랐습니다. 우리는 15일에 브라질과 첫 경기를 가졌는데, 하루 전에 일본과 카메룬이 겨뤘습니다.

대회가 시작되기 전, 일본 대표는 별로 기대를 받지 못했습니다. 새해 들어 경기 성적이 좋지 못했고, 선수 기용하는 방법도 그렇고, 팀으로서 확고한 방향성이 느껴지지 않는다며 일본 언론은 오카다 감독을 심하게 비판했습니다.

여기서는 일본 대표팀 포워드에 대해서 제 개인적인 의견을 기탄없이 말해보겠습니다. 저라면 포워드는 마에다 료이치^{주빌로} 이와타, 사토 히사토_{산프레체 히로시마}, **도쿠라 겐**_{전 가와사키 프론탈레, 현 비셀 고베}

세 명을 고르겠습니다. 도쿠라 겐은 다른 두 사람만큼 지명도가 높지 않고 J리그 1부에서 실적도 올리지 못했지만, 제가 주목하는 선수입니다. 지금은 경기에 안 나오지만, 다음 월드컵에서 기대할 만한 포워드는 그 선수가 아닐까, 제멋대로 생각해봅니다.

마에다 료이치와 사토 히사토는 실적, 특히 최근 실적을 보면 분명해집니다. 개인적으로 일본 대표를 응원하는 입장에서 말하자면, J리그에서 득점 랭킹 상위에 있는 선수를 우선 선발해도 좋지 않을까 합니다.

포워드가 3톱이라면, 가운데에 제가 들어가 활약하면 어떨까 하는 망상도 가져봅니다. 오카자키 신지^{현 VfB 슈투트가르트}는 3톱의 사이드겠지요. 혼다 게이스케^{PFC CSKA모스크바}는 좋은 선수이지만, 톱에 올릴 만한 기량은 아니라고 생각합니다. 나카무라 겐고 선수는 저에게 "네가 있으면 바로 주전을 삼고 싶어"라고 기분 좋은 말을 해주었습니다. 같은 팀에서 뛰는 선수로서 격려해준 거라고 생각합니다.

만약 FIFA 규정이 여러 나라 대표를 겸할 수 있게 허용한다면, 일본과 한국 대표팀에서도 축구를 해보고 싶습니다. 어느 팀에 속하든 최선을 다하겠지요.

일본의 승리에 자극받아

일본과 카메룬의 경기는 훈련 시간과 겹쳐서 거의 보지 못했습니다. 간신히 후반 30분경부터 버스에서 보았는데, 중간중간 끊어지고 깨져서 아주 보기 힘들었습니다. 다른 선수가 채널을 바꾸려고 하자 제가 "괜찮으니까 그냥 둬" 했더니 "밤에 하이라이트로 보자"고 합니다. "하이라이트는 싫어. 생방송이 재미있지" 하고 저는 물러서지 않았습니다.

안영학, 양용기 선수는 심성이 고와서 일본전을 보고 싶어도 표현하지 않습니다. 저는 "금방 끝나니까 잠깐만 기다려" 하고 마지막까지 밀어붙였습니다.

경기 전에 안영학, 양용기 선수와 승패를 예상했을 때, 저는 일본이 2 대 1로 이길 거라고 말했습니다. J리그 인기에도 영향을 주기 때문에 역시 일본이 이기기를 바랐습니다. 결과는 1 대 0으로 일본이 이겼습니다.

기뻤습니다. 일본의 승리는 저에게 의욕과 긴장감을 동시에 불어넣었습니다. 우리도 부끄러운 경기는 할 수 없다고 다짐했습니다. 어떤 경기가 될지 무척 기대되었습니다. 이 밖에도 아시아에서 선출된 대표들의 첫 경기를 보면, 오스트레일리아는 독일에 0 대 4로 졌지만, 한국은 그리스에 2 대 0으로 이겼습니다. 혹시 우리가 이기면 아시아 팀이 크게 약진하게 됩니다.

그렇지만 오스트레일리아가 대패한 것도 신경 쓰였습니다. '강호'라는 건 기본적으로 공격력 있는 팀에게 붙는 말입니다. 우리와 싸울 세 팀은 세계에서 손꼽히는 공격력을 가졌으니, 우리가 대패할 가능성이 높았습니다. 더욱이 첫 경기 상대는 당시 세계 랭킹 1위인 브라질이었습니다.

하지만 브라질전은 철저하게 수비를 하면 한순간에 역공을 펼쳐 1점을 넣고 이길 가능성도 있다고 보았습니다. 게다가 최근 몇 년간 브라질은 왕년처럼 화려하고 파괴적인 공격력을 보여주지 못했지요.

카카레알 마드리드, 호비뉴당시 산토스 FC, 현 AC밀란, 루이스 파비아누세비야 FC는 화려함은 없지만 개인적으로 좋아하는 선수였습니다. 실제로 싸운다면 어느 정도 실력 차를 느끼게 될지도 기대되었습니다.

눈물이 멈추지 않은 까닭

6월 15일, 드디어 브라질과의 경기가 열리는 날입니다. 요하네스버그에 있는 엘리스 파크 경기장에서 펼쳐진 이 야간 경기는, 추웠습니다. 물론 그 추위조차도 좋았지만 말입니다. 사람으로 가득 차서 후끈 달아오른 관중석, 눈부신 조명. 그 분위기에 젖

어든 저는 '절대로 울지 말자!'고 다짐했습니다. 대체로 예상은 했지만요.

입장 음악이 울리고, 통로에서 운동장으로 나갈 때, 드디어 왔구나 하고, 경기장에 서는 기쁨을 느꼈습니다. 여기에서 골을 넣어 영웅이 될지 말지 판가름 나는 순간이라고 생각하니 옥죄는 듯한 긴장감도 덮쳐왔습니다.

브라질 대표팀과 승부를 겨룰 기회가 앞으로 몇 번이나 찾아오겠습니까. 우리는 좀처럼 얻기 힘든 기회를 만난 것입니다. 물론 아주 어려운 경기가 될 거라는 사실은 알았습니다. 그래도 아직 승부가 어떻게 될지는 알 수 없는 일이니 어떻게든 잘될 거라고 되뇌었습니다. 이길 확률은 10퍼센트도 안 될지 모르지만, 최선을 다해 싸우면 이길 수 있을지도 모른다고.

처음에 브라질 국가가 연주되었는데, 벌써부터 눈물이 줄줄 흐릅니다. 텔레비전을 통해서만 듣던 브라질 국가가 경기장 안에 울려 퍼지자 이루 말할 수 없는 감동이 밀려들었습니다.

이윽고 조선 국가 '애국가'가 흘러나오자 더욱 울었습니다. 여러 가지 생각이 교차했습니다. 잘 정리할 수 없지만, 굳이 말하자면 이런 생각이 들었습니다.

하나는, 꿈이 이루어졌다는 감동. 예전에는 이 자리에 오는 일은 상상조차 할 수 없었습니다. 월드컵은 다른 세상의 일이고, 결코 닿을 수 없는 꿈이었습니다. 그런 꿈이 현실이 된다면, 누구든 울지 않고는 못 배길 터입니다.

또 하나는 나라를 대표해서 싸운다는 긍지와 기쁨입니다. 한 나라 대표로서 영광스러운 세계 무대에서 싸우다니! 선택받은 사람만이 할 수 있는 일이지요. 바로 그 자리에 서기 위한 온갖 노력과 힘들었던 아시아 예선의 궤적을 생각했습니다.

그리고 가까운 사람들을 생각했습니다. 고교 시절 은사인 이 태용 감독님과 어머니가 경기장에 와 있었습니다. 나와 친하고 나를 가장 잘 알고 있는 사람들은 지금 내 모습을 어떤 마음으로 보고 있을까? 어쩌면 우는지도 몰라. 어머니는 눈물이 많으니까 울고 있을 거야. 지금까지 엄청 화나게 만들기도 했고 걱정도 끼쳤는데, 이걸로 조금은 효도가 될까, 이런 생각이 들면서 눈물이 마구 쏟아지는 겁니다.

이렇게 저는 애국가가 끝날 때까지 계속 울었습니다. 그 뒤 사진을 찍을 때는 기분도 싹 바뀌었습니다.

안타까운 선전

브라질에 1 대 2로 졌습니다. 점수만 보면 분명히 선전했고, 석 패일지는 몰라도, 저는 정말로 억울했습니다.

브라질이 힘든 상대이긴 했어도 압도적인 힘의 차이를 보인 것은 아니었습니다. 비교적 자유롭게 움직일 수 있었습니다. 하지만 기본적인 실수를 거듭했습니다. 브라질 수비수는 우리를 완전히 자유롭게 놓아주고, 트래핑 미스를 했을 때 달려드는 방식이었습니다. 그것이 아주 힘들었습니다. 트래핑이 조금이라도 어긋난 순간 달라붙으니까요. 대개는 공을 빼앗기고 맙니다. 침착한 경기를 펼치지 못한 저 자신이 정말로 한심했습니다.

J리그에서는 자연스럽게 하던 플레이가 거기서는 되지 않았습니다. 그런 점에서 제가 정신적으로 약하다고 생각합니다. 전반에 골 앞에 센터링이 왔는데, 뻣뻣하게 굳어서 제대로 대처하지 못하고 깨끗하게 골킥이 되어버렸습니다. 판단력이 필요한 아슬아슬한 시점에서 반응하지 못하고, 영웅이 될 드문 기회가 왔는데도 놓쳐버린 게 못내 억울합니다.

전반은 0 대 0 동점으로 끝났기 때문에 후반을 노려봐야 했습니다. 그러나 후반 10분, 오른쪽 사이드백인 마이콘(인터 밀란)이 골라인에 가까운, 각도가 거의 없는 위치에서 날린 슛에 골키퍼가 완전히 허를 찔렸습니다.

2~3일 지난 뒤에야 그건 어쩔 수 없었다고 마음을 고쳐먹었습니다. 그런 위치에서도 슛을 넣는 것이 세계적인 선수인 겁니다.

후반 44분에 제가 도움을 준 골은 단순한 세트 플레이에서 나온 것입니다. 롱패스를 골에어리어에 떨어뜨린 것뿐이죠. 좋은 위치에 떨어뜨리긴 했지만 빈틈없이 노려서 골을 넣은 최용남 선수가 잘한 것입니다.

그때 저는 오로지 이기겠다는 생각뿐이었기 때문에 골이 들어간 순간 빨리 공이 우리 쪽으로 넘어오길 바랐습니다. 2 대 0으로 뒤처지고 있었기에 빨리 다음 1점을 따러 가야지, 좋아하고 있을 틈이 없다고 생각했습니다. 한 골 넣은 것은 분명히 멋진 일이지만, 시합이 끝난 다음에 기뻐해도 늦지 않습니다.

결국 1 대 2라는 결과에 저는 분했습니다. 좋은 경기를 펼쳤기 때문에 다음 포르투갈전에서 참패를 당했을 때처럼 마음과 몸이 갈기갈기 찢기는 일은 없었지만, 그래도 생각하면 할수록 이길 수 있었던 경기였다는 아쉬움이 남습니다. 저 자신, 통할 때는 통했지만 단순한 실수를 반복했습니다. 기합만 넣으면 어떻게든 될 거라고 생각했는데, 기합을 넣어도 할 수 없었습니다. 기본적인 실수가 많은 자신을 원망했습니다.

브라질 대표팀 로커룸

경기가 끝난 뒤 운동장에서 축 처져 있는데 카카가 "고마워" 하고 말을 걸었습니다. 제가 "유니폼 바꾸자"고 얘기했더니 카카는 "안에 있어"라고 말하면서 어디론가 사라졌습니다. 옆에 브라질 트레이너 같은 사람이 있기에 포르투갈어로 '카카와 유니폼을 교환하기로 약속했으니 불러달라'고 부탁했더니 '그건 무리'라고 합니다. 그래도 드문 기회라 물러서지 않고 대회 관계자에게 '유니폼을 맞바꾸기로 했다'고 말하자 브라질 로커룸 쪽으로 안내해주었습니다.

카카가 나올 줄 알았는데, 안내해준 사람이 "안에 들어가서 교환하세요"라고 말해서 깜짝 놀랐습니다. 경기 직후에 상대 팀 로커룸에 들어가는 것은 전혀 예상하지 못한 일이라 그럴 수 없다고 거절했는데, 괜찮다고 해서 주춤거리며 들어갔습니다.

안에 카카는 없었지만, 예전에 J리그에서도 활동한 적이 있는 카를로스 둥가 감독을 비롯해 다른 브라질 선수들이 모여 있었습니다. 한 브라질 선수가 "고마워, 좋은 플레이였어"라고 말하며 악수를 건넸습니다.

거기에는 호비뉴도 있었습니다. 호비뉴는 가와사키 프론탈레 동료인 레나티뉴의 친구입니다. 그래서 레나티뉴 이야기를 했더니 용품 담당자에게 지시해서 유니폼을 가져오게 했습니다. 다만 그 태도가 지나치게 무뚝뚝해서 호비뉴의 유니폼은 받았지만 제 것은 건네지 않았습니다. 카카와 교환하려고 한 벌 가

져갔을 뿐이니까요. 호비뉴가 보기에는 '이 녀석은 뭐야?' 싶었겠지요.

브라질 로커룸에서 카카를 기다리는데, 안내해준 사람이 "카카하고 교환했습니까?" 하고 물어서 호비뉴의 유니폼은 감추고 "아직 카카하고는 교환하지 못했습니다" 하고 대답했습니다. 그래서 용품 담당자를 불러주어서 제 유니폼을 건네고 카카 유니폼을 받았습니다.

옆에 둥가 감독이 있어서 "일본에 계실 때 자주 보았습니다" 하고 인사했더니 "고맙네" 하고 대답해주었습니다.

로커룸을 나오니 인터뷰 장소에 카카가 있었습니다. "유니폼 고마워" 했더니 "뭘, 별것도 아닌데" 하는 것 같았습니다.

그렇게 카카와 호비뉴 두 사람한테서 유니폼을 받는 뜻밖의 횡재를 했습니다. 경기가 끝난 뒤 상대 팀 로커룸에 들어간 선수는 아마도 제가 유일하지 않을까 합니다. 더욱이 브라질 대표라서 저도 깜짝 놀랐습니다. 그래도 좋은 경험을 했습니다.

대회 전부터 "브라질의 카카, 포르투갈의 크리스티아누 호날두, 코트디부아르의 드로그바 유니폼은 내가 교환할 거야" 하고 다른 선수들에게 농담처럼 말했습니다. 하지만 1 대 2로 선전했다고는 해도 경기에 지고 나서 유니폼을 교환한 것은 제가 생각해도 조금 부끄럽습니다.

경기 후에 합숙소 레스토랑에서 어머니를 만났는데, 이 이야기는 하지 않았습니다. 어머니는 평소처럼 제 손을 잡고 감정이 북받쳐올라 "잘했다!" 하고 고개를 끄덕였을 뿐입니다.

이 '유니폼 교환 사건' 혹은 '브라질 대표 로커룸 잠입 진실 사건'은 기쁘다면 기쁜 일인데, 지금 생각하면 부끄러운 마음이 더 큽니다.

참패 원인

다음은 케이프타운에서 열린 포르투갈전입니다. 6월 21일, 비가 퍼붓는 가운데 열린 이 경기에서 우리 팀은 0 대 7로 대패했습니다.

이 경기에서는 선수들끼리 소통이 이루어지지 않았습니다. 축구 선수는 순수하다고 해야 할지 단순하다고 해야 할지, 브라질과 선전한 뒤 이상한 자신감이 넘쳤던 것 같습니다. 저도 그랬고, 홍영조 선수도 그랬습니다.

그런 상태로 경기 초반은 그런대로 잘 해나갔습니다. 우리는 기회를 만들고, 상대는 그만큼 좋은 기회가 없었습니다. 그런 까닭에 선수들은 더욱더 자신감을 가졌습니다.

저는 전반에 두 번 결정적인 기회가 있었는데도 득점을 하지 못한 것이 정말 분했습니다. 제 움직임에 맞추어 패스를 한 것은 홍영조 선수뿐이었습니다. 브라질전에서도 저에게 결정적인 장면을 연출해준 것은 홍영조 선수였습니다.

전반 초반에 홍영조 선수가 좋은 공을 보내주었는데, 빗속에서 공이 예상보다 많이 미끄러졌습니다. 오프사이드는 아니라고 생각해서 뛰어들었는데, 공에 역회전이 걸려서 바운드했더니 더 미끄러져서 따라잡을 수 없었습니다. 있는 힘껏 발을 뻗었지만 공을 스쳤을 뿐 잡지 못했습니다. 그게 가장 아쉬운 장면이었습니다.

그 후에도 기회는 있었지만, 믿을 수 없는 실수를 했습니다. 초반은 5분 전개였던 만큼, 제가 실수한 것도 있어서 득점을 하지 못한 일이 안타깝습니다.

전반 29분에 어이없이 점수를 내주고 말았습니다. 그때부터 우리 팀은 눈에 띄게 무너지기 시작했습니다. 리드를 당해도 수비 위주로 풀어가면 됐을 텐데 그러지 못했습니다. 지금도 굉장히 후회하고 있습니다.

포르투갈 입장에서는 처음 맞붙은 코트디부아르와 비긴 탓에 조금이라도 점수 차를 벌려 이겨야 했기 때문에, 우리는 점수를 벌어들일 수 있는 달러박스였을 겁니다. 그러니까 상대팀이 골을 넣으러 와서 수비가 약할 때 카운터를 노리면 좋았을 텐데 아쉬움이 큽니다.

하지만 저를 포함해서 전방에 있는 선수는 공을 빼앗으러 가 득점을 해야 한다는 압박감이 컸습니다. 양쪽 사이드백도 균형을 잃고 앞으로 나가는 일이 많아졌습니다.

그런데 뒤쪽 선수들은 그렇지 않았습니다. 다른 선수들이 그렇게나 공격적으로 앞으로 나가는 걸 보면서 수비 라인을 유지하는 데 불안을 느꼈을 테지요. 수비를 의식해서 물러나는 바람에 어중간한 라인 설정이 되어버렸습니다.

그 때문에 한가운데에 엄청난 공간이 생겼습니다. 그 넓은 공간을 안영학 선수 혼자만으로는 커버할 수 없습니다. 결국에는 양쪽 사이드에 공간이 생기고 말았지요.

게다가 비 때문에 사소한 실수도 많았습니다. 후반에 집중력이 떨어지면서 공 하나만큼 어긋나던 것이 점점 벌어지는 겁니다. 그러다가 완전히 실수를 하고 말았지요. 비 오는 날은 정말 기술이 필요합니다.

유럽 선수는 비 오는 날 경기하는 데 익숙해서 빗속에서도 컨트롤을 잘합니다.

세계 수준급의 상대와 싸울 때는 동등한 수준의 경기를 펼치지 않으면 안 됩니다. 공을 받는 쪽도 공간이 없는 상태에서 받아야 하고, 주는 쪽도 자연스레 빠른 패스를 하게 됩니다. 그렇게 아슬아슬한 상황에서는 기술 차이가 그대로 드러납니다. 그 것을 적나라하게 보여준 것이 포르투갈전이었습니다.

망연자실 지옥도

변명을 하자면, 전날 이동이 정말로 힘들었습니다. 경기 전날에 이래야 하나 싶은 이동이어서 상상 이상으로 지쳤습니다.

경기 전날인데도, 우선 요하네스버그 숙소에서 공항까지 버스로 1시간, 공항에서 1시간쯤 기다렸다가 비행기를 3시간 정도 탔습니다. 케이프타운에 도착해서 이런저런 수속을 마치고 버스에 올랐지요. 이동에만 6시간 정도가 걸렸습니다. 저와 안영학 선수는 도착했을 때 파김치가 되었습니다.

도착한 날 경기가 있을 운동장에서 훈련을 했습니다. 어찌나 힘들었던지 안영학 선수와 "이거, 큰일 나겠어" 하는 이야기를 했습니다. 모두 눈에 띄게 피로가 쌓인 채 경기를 했습니다. 다른 참가국도 같은 조건이겠지만, 남아프리카 특유의 장거리 이동에 완전히 녹초가 됐습니다.

빗속 경기임에도 불구하고 미끄러지기 쉬운 고정식 스파이크를 신은 게 아니냐는 얘기가 있었는데, 선수들은 모두 교환식 스파이크를 갖고 있습니다. 다만 저도 그렇고 공격수는 교환식을 좋아하지 않는 경우가 많습니다. 속도가 느려지기 때문입니다. 그래서 저도 전반은 고정식을 썼습니다. 그러다가 조금 미끄러지는 것을 느끼고 후반에는 바꿔 신었습니다.

또 조선에 텔레비전 생중계를 하는 탓에 선수들이 긴장한 것 아니냐는 얘기도 있었는데, 월드컵은 조선에서도 관심이 높으니 보는 게 당연하고, 그런 일로 긴장하는 선수는 없습니다. 애초에 월드컵이라는 장, 그리고 거기서 치러지는 대전 자체에 중압감을 느끼고, 또한 온 세계가 보고 있는데 본국에서 지켜본다는 이유로 긴장한다는 것은 말도 안 됩니다.

브라질과 싸울 때는 비록 지고는 있어도 세계적인 선수들과 경기하는 꿈의 무대가 1초라도 오래 이어지기를 바랐는데, 포르투갈전에서는 점수 차가 벌어지자 한시라도 빨리 끝났으면 하는 심정이었습니다.

경기가 끝나는 순간 우선 저 자신이 부끄러웠습니다. 너무나 참담한 패전이라 어떻게 받아들여야 좋을지 몰랐습니다. 완전히 망연자실한 상태였습니다.

모두 고개를 푹 숙이고 있었습니다. 감독과 스태프들도 로커룸에서 고개를 숙이고 있었습니다. 정말로 지옥이었습니다.

아직 한 경기가 남았지만, 다음 경기까지 생각할 겨를도 없었습니다. 그만큼 완전히 자신을 잃은 상태였습니다. 브라질과의 경기가 끝난 뒤 브라질은 두드려 맞고 우리는 전 세계로부터 평가를 받았습니다. 거기서 얻은 자신감이 컸던 만큼, 패배의 충격도 컸습니다. 모두 비참할 만큼 상실감을 느꼈습니다.

이튿날 훈련에서도 모두 말이 없었습니다. 저도 물론 책임을 느꼈지만, 아직 월드컵이 끝난 건 아니니까 "소리 한 번 지르고 하자. 자신을 갖자"며 분위기를 띄워보려 했습니다. 그래도 무거운 분위기를 바꿀 수는 없었습니다.

혼다 게이스케의 반짝임

조선 대표 팀은 포르투갈전 쇼크에서 헤어나지 못했습니다. 선수들은 순수하고 경험도 적어서 훌훌 털어내지 못했습니다. 하지만 아직 남은 경기가 있는데 패전의 충격에 끌려다니는 것처럼 무의미한 일은 없습니다. 억지로라도 기분을 전환해보려고 훈련할 때도 죽을힘을 다해 소리를 질렀지만, 결국 털어내지 못했습니다.

코트디부아르와 겨루기 전날 있었던 일본과 덴마크의 경기가 저에게는 무척 자극이 되었습니다. 특히 혼다 게이스케는 의식할 수밖에 없는 선수였습니다.

저는 두 경기에서 모두 결정적인 기회를 매번 놓쳤습니다. 세 번째 경기를 앞두고 굉장히 중압감을 느꼈습니다. 이 무대에서 골을 넣지 못한다는 건 실력이 없다는 걸까? 아니면 정신력이 약한 걸까? 끝없이 자문했습니다. 그리고 다음에 반드시 골을 넣어야 한다는 압박감을 느꼈습니다.

그런 기분에 젖어 있을 때 일본과 덴마크의 경기에서 혼다 선수가 중압감을 떨쳐내고 보기 좋게 골을 넣는 것을 보았습니다. 카메룬전에서 넣은 골은, 물론 굉장했지만 경기 흐름 속에서 자연스럽게 나온 골이었습니다. 하지만 덴마크전에서 보여준 프리킥은 다릅니다. 그 상황에서는 그 자신이나 팀이나 상당한 압박을 느꼈을 터입니다. 그럼에도 불구하고 혼다 선수는 프리킥에 타고난 소질을 보여주었습니다. 그 후에도 기회를 만들어 세 골을 연출했습니다.

솔직히 저는 혼다 선수를 크게 신경 쓰지 않았습니다. 혼다가 J리그에서 뛸 때도 특별한 인상은 받지 못했습니다. 하지만 카메룬전에서도 그렇고 덴마크전에서도 깨끗하게 골을 넣는 것을 보고 다시 보게 되었습니다. 거기서 골을 넣을 수 있는 혼다 게이스케 선수를 보며 역시 스타는 다르다는 것을 느꼈습니다. 실제로 일본은 혼다 선수 덕을 봤지요. 누가 보아도 혼다 선수가 활약하지 않았다면 결승 토너먼트에 진출할 수 없었으니까요.

그런 혼다에 비해 나는 어떨까 하고 자문했습니다. 혼다는 빛을 뽐고, 나는 남아공 월드컵에 이름을 새기지도 못한 채 끝나 버리는 걸까? 그 대답이 바로 내일 있을 경기에서 나올 것이다. 골을 넣지 못하면 내 성장은 이대로 멈춘다. 그게 내 한계가 될 거야. 이런 생각이 저를 강하게 압박했습니다.

지금까지는 긴장이나 압박을 별로 느끼지 않았습니다. 2009년 나비스코컵 결승전 때도 어느 정도 긴장은 했지만, 그건 다른 말로 '기합' 이었을 뿐입니다.

그러나 이번에는 다릅니다. 이 경기에서 내 인생이 결정된다는 생각까지 했습니다. 이 경기는 팀으로서나 저로서나 결과가 중요했습니다.

한계가 보이다?

이렇게 다진 각오도 코트디부아르전에서 소용이 없었습니다. 우리는 포르투갈전에서 받은 충격에서 여전히 헤어나지 못하고 있었습니다. 경기를 하면서 조금씩 열기가 오르긴 했지만, 어쨌든 이미 선수들이 자신감을 잃은 상태였기 때문에 전반은 특히 눈뜨고 볼 수 없었습니다.

저는 어땠냐 하면 이 경기에서도 기회가 왔을 때 골을 넣지 못했습니다. 특히 경기 종반에 찾아온 기회에 골을 넣었더라면

3점까지 내주지 않았을 겁니다. 결국 0 대 3으로 졌습니다.

저는 경기에 진 것보다 기회가 왔는데도 골을 넣지 못한 충격이 너무 커서, 다시 일어서는 데 시간이 걸렸습니다. 만약 그대로 일본에서 선수 생활을 했다면 무너졌을 거라고 생각합니다. 그만큼 충격이 컸습니다.

지금 독일에서는 '그만한 일로 한계를 결정해서는 안 된다'고, 경기를 한 번 할 때마다 새롭게 각오를 다집니다. 하지만 그때는 제 축구 인생의 끝이 보인 것 같았습니다. 월드컵에 나가서 선수로서 가치를 올렸다기보다는 오히려 제 한계를 알아버린 듯해서 침울했습니다.

지나친 생각이지만 그만큼 기회가 왔을 때 골을 넣지 못한 것은 두고두고 아쉬운 일입니다. 가볍게 생각하면, 몸이 떨릴 것 같은 세계 무대에서 골을 넣을 수 있다는 게 굉장한 일인지도 모릅니다. 다만 한 번뿐인 기회라도 골을 넣는 선수는 넣습니다. 영웅과 영웅이 아닌 사람의 차이는 바로 그것입니다.

목표는 드로그바가 아니다

그렇게 심각한 문제와는 별개로 코트디부아르전은 제가 동경하는 드로그바와 경기를 할 수 있어서 기대했습니다. 경기를 해보고 느낀 것은 '차원이 달라. 이게 세계 제일인가? 인간의 기술이 아니야. 인간이 맞나?' 라는 놀라움뿐이었습니다. 수비수가 불쌍할 정도로 어린애 취급을 받았습니다.

세계 수준이라고 평가받는 선수를 실제로 보았더니 별것 아니더라는 이야기를 자주 듣습니다. J리그에서도 그랬지요. 다른 사람한테 들은 이야기와 실제로 자기 눈으로 보는 것과는 상당히 차이 나는 일이 많았습니다.

하지만 드로그바는 소문대로 괴물이었습니다. 그는 흉내를 낼 수도 없습니다. 영국 프리미어리그처럼 몸싸움이 심한 축구에서 이기고 올라가기 위해서는 이래야 하는 건가 싶어 한숨이 나왔습니다.

경기 직전 일본과 연습 경기에서 팔에 골절상을 입었는데도 그는 수준 높은 경기를 펼쳤습니다. 몸 상태는 그렇게 좋아 보이지 않았지만, 하나부터 열까지 충격을 주었습니다.

그런 드로그바를 보고 드로그바는 제가 감히 목표로 삼을 선수가 아니라는 결론을 내렸습니다. 그 탄탄함, 그 강함, 그 탄력은 타고난 것이어서 아무리 근육 트레이닝을 하고 훈련을 해도 따라갈 수 없기 때문입니다. 그래서 목표를 루니로 바꾸게 된 것입니다.

코트디부아르전이 끝나면, 경기 결과에 상관없이 드로그바와 유니폼을 교환할 작정이었습니다.

　그런데 시합이 끝난 순간, 홍영조 선수가 드로그바 옆에 서서 이야기를 나누고 있었습니다. 새치기를 당했나 싶어 눈을 떼지 못했습니다. 둘의 대화가 끝나기를 기다렸다가 서둘러 드로그 바에게 다가가 유니폼을 바꾸자고 했는데, 거절당했습니다.

　드로그바는 유니폼을 응원석에 던졌습니다. 가장 갖고 싶었던 유니폼이라 분한 마음에 용품 담당자에게 "저 선수를 목표로 축구를 했어요. 유니폼 교환해주세요"라고 말했습니다. 처음에는 거절당했지만 "예비가 있을 거 아닙니까?" 하고 물러나지 않자 저의 진심을 이해한 듯 알았다며 유니폼을 가지러 갔습니다. 드로그바 유니폼 획득!

　그런 기대도 잠시, 그가 돌아와서 "전부 서포터한테 던져버린 모양이야"라고 말했습니다. 실망하는 순간 수비수인 조코라 트라브존스포르의 유니폼을 건네는 겁니다. 드로그바와 유니폼을 교환하지 못한 것이 나로서는 아쉬운 일이었지만, 열렬히 응원해준 서포터에게 고마움을 표시하는 걸 잊지 않는 드로그바는 역시 그릇이 크다고 생각했습니다.

　사실 포르투갈전이 끝나고 크리스티아누 호날두와 유니폼을 교환했습니다. 경기가 끝난 후 포르투갈 용품 담당자가 제 유니폼을 만지기에 "크리스티아누 호날두 유니폼이랑 교환해주세요"라고 했더니 가져다주었습니다.

카카, 호비뉴, 크리스티아누 호날두, 조코라의 유니폼은 남아공 월드컵에서 저 자신에게 주는 상이었습니다.

눈물이 뜻하는 것

남아공 월드컵에 출전한 경험을 한마디로 정리하자면, '자신감 상실'입니다. 대회 전에는 일본 대표팀에 대한 평판이 높지 않아서 오히려 조선 대표인 제가 주목을 받기도 했습니다. 실제로 언론에 노출도 많이 되었습니다. 저는 주목받는 것을 즐기는 편이라, 그로 인해 한층 불타오르면 올랐지 중압감을 느끼지는 않습니다.

그래도 공연히 주목받고 큰소리쳤는데 실제로 실력을 보여주지 못하면 여간 창피한 일이 아닙니다. 그래서 저는 정말로 부끄러웠습니다.

'죽음의 조'에서 그런 결과가 나온 것은 어쩔 수 없는 면도 있지만, 개인적으로는 역시 뭔가 결과를 갖고 돌아가고 싶었습니다.

가장 분한 것은 조선 대표로서의 긍지를 빛내지 못한 일입니다. 결과를 내야 하는 것이 포워드이고, 결과를 내어야 비로소 긍지도 빛도 커집니다. 하지만 이 대회에서 저는 조선이라는, 제가 짊어진 긍지를 빛내지 못했습니다. 그런 저 자신에게 분함을 느꼈습니다.

대회가 끝나고 나리타 공항에서 그동안 많이 도와주고 격려해준 재일 동포들이 저를 맞아주었을 때도 울었던 것 같습니다. 지금까지 너무 잘 울기도 했지만, 그때는 분해서였을 겁니다.

정말이지 사람들을 볼 면목이 없을 만큼 미안했습니다. 적어도 포르투갈에게 0 대 3으로 졌다면, 그래도 가슴을 펴고 돌아왔을지도 모릅니다. 그러나 그 참패로는……. 다른 사람은 그렇게 생각하지 않을지 모르지만, 저는 무거운 과제를 짊어지고 돌아왔습니다.

그런데 브라질전에서 국가가 나올 때 흘렸던 눈물은, 지금까지 제 인생에 대한 생각과 저를 지탱해준 사람들에 대한 고마움이 차올라 한꺼번에 터진 것입니다. 결과적으로 축구로 제 이름을 남기지 못했지만 재일이라는 존재를 많은 사람들에게 알리는 계기가 됐다고 생각합니다. 또한 저라는 존재가 월드컵을 통해 언론에서 화제가 되면서 재일의 긍지를 가지고 새로운 한걸음을 내디딘 사람도 있을 터입니다. 그런 뜻에서 월드컵 때 제가 세계에 끼친 영향은 크다고 자부합니다. 그 눈물로 인해 재일이라는 존재에 대해서 일본과 한국뿐 아니라 세계가 관심을 가졌을 테니까요. 물론 그만큼 앞으로는 유명세에 걸맞은 선수로서 실력을 발휘해야 합니다. 그 중압감에 저는 지지 않겠습니다.

북조선 축구를 위한 제언

남아공 월드컵 경험을 바탕으로 조선 축구는 새로운 무대에 오르게 될 것입니다.

그리고 지금, 축구라는 스포츠에 관련된 모든 일, 하드웨어와 소프트웨어를 세계 수준에 맞추어가야 하는 난제에 직면했습니다. 비품, 용구, 훈련 매뉴얼, 선수 기용법……. 모든 면에서 앞으로 세계 기준으로 싸워가는 겁니다. 당연히 힘들 테지요. 다만 남아공 월드컵 본선에 진출할 수 있었으니, 모든 것을 세계 수준으로 끌어올리면 조선은 세계 축구 강호국 속에 이름을 올릴 수 있을 거라고 확신합니다.

월드컵 진출은 하나의 실적이지만, 월드컵에 나가서 '무엇을 느꼈나'가 가장 소중하다는 걸 모두 알아주었으면 합니다. 팀이 1년 내내 같이 활동하기 때문에 연대나 의사소통에서는 전혀 문제가 없지만, 경쟁의식이 부족합니다. 어떤 식으로든 경쟁심을 자극해서 좋은 결과를 이끌어내는 것이 중요합니다.

일본이 오카다 감독을 기용해 성공했듯이 선수들을 잘 아는 국내 감독을 기용하는 것은 나름대로 장점이 많다고 생각합니다. 하지만 해외 전술을 적극적으로 도입하는 것도 고려해볼 일입니다. 이 시대 축구는 실적을 쌓아 올리는 것과 체계적인 이론이 양 수레바퀴입니다. 이론은 나날이 진화해갑니다. 이것을 받아들이지 않고는 축구가 발전할 수 없습니다. 실적을 높이기 위해서도 세계의 축구 이론을 탐욕스럽게 받아들이기 바랍니다.

또 하나는 국제 경험을 쌓는 것입니다. 우선 선수 각자가 해외에 많이 나갔으면 합니다. 대표팀 자체도 세계 여러 나라 팀과 국제 경기를 치를 필요가 있다고 생각합니다.

이번에는 참패로 끝났지만 저는 오히려 잘됐다고 생각합니다. 이대로는 또 44년 동안 월드컵에 못 나갈 겁니다. 하지만 무언가 바꾸려고 하면 4년 뒤, 어쩌면 8년 뒤에도 나갈 수 있을지 모릅니다. 그러려면 개혁이 필요합니다.

저는 언젠가 앞에서 끌어주는 입장이 되어야 하기 때문에 좀 더 인간적으로 성숙해야 할 것입니다. 재일 후배들이 대표팀에 들어갈 수 있도록 안영학 선수 같은 입장에 서서 대표팀과 재일 선수들을 중개하는 역할을 해야 합니다. 저도 4년 뒤에는 서른 살이니까요.

잘 가라, 가와사키 프론탈레

월드컵이 끝나면 독일로 이적하기로 결정했기 때문에 가와사키 프론탈레와 이별을 고해야 했습니다.

2010년 7월 14일. 오미야 아르디자와 경기를 끝낸 후, 저와 벨기에 리에르세SK로 이적하는 일본 대표 골키퍼 가와시마 에이지 선수를 위해 서포터가 격려회를 열어주었습니다. 항상 따뜻하고, 때로는 통렬하게 저를 지적해준 서포터들과 헤어지는 건 힘들고 아쉬운 일. 울지 않고는 배길 수 없었습니다. 저는 "여기도 제 고향이 되었습니다"라고 인사했는데, 단순히 겉치레가 아니라 진심에서 우러나온 말입니다.

4년 반 동안 가와사키 프론탈레에 적을 두고, 하나에서부터 시작해 세계를 향해 날갯짓할 수 있는 선수가 된 것은 서포터가 뒤를 받쳐준 덕분입니다. 세키즈카 감독, 나카무라 겐고와 주니뉴 선수, 코치진과 뒤에서 도와준 스태프들, 모두가 고맙습니다. 여러분이 받쳐준 덕분에 지금의 제가 있다는 걸 잊지 않겠습니다.

나카무라 겐고 선수는 저에게 엄격했습니다. 빨리 자기가 보내는 패스를 쫓아올 수 있는 레벨이 되라고, 언제나 말없이 저를 질타해주었습니다. 주니뉴 선수에게는 사춘기 아이처럼 반항했지만, 그가 있어 골을 넣을 수 있었던 부분도 많습니다. 페널티킥을 누가 찰지를 두고 대립한 적도 있지만 지금은 고마운 마음뿐입니다. 주니뉴 선수에게 페널티킥을 한 번쯤 양보했으면 좋았을 거라는 후회도 듭니다. 선수 중에서는 틀림없이 겐고와 주니뉴 두 사람이 저를 키웠습니다.

서포터도 처음에는 응원가조차 불러주지 않았습니다. 그래서 저는 우선 서포터에게 인정받는 걸 목표로 삼았습니다. 2년째에는 "응원가 만들었으니까 빨리 골 넣고 와요"라는 말을 들었는데도 전혀 출전하지 못해서 초조해한 적도 있습니다. 그런 만큼 전남 드래곤즈와의 경기에서 골을 넣고 응원가를 들었을 때는 정말로 기분 좋았습니다. 나도 겨우 응원가를 당당하게 들을 수 있게 됐다고 생각하니, 왠지 눈물이 날 것 같았습니다. 그리고 실제로 울었습니다.

이렇게 여러분이 계속 응원해주는 가운데, 경기가 잘 안 풀려 분할 때도 많았지만, 그만큼 많은 즐거움을 가슴에 새겨왔습니다. 그리고 무엇보다 축구의 즐거움과 깊이를 배웠습니다. 멋진 사람들과 4년 동안 함께 지낸 것을 진심으로 감사하게 여기며, 저는 다음 무대로 나아가기로 결정했습니다.

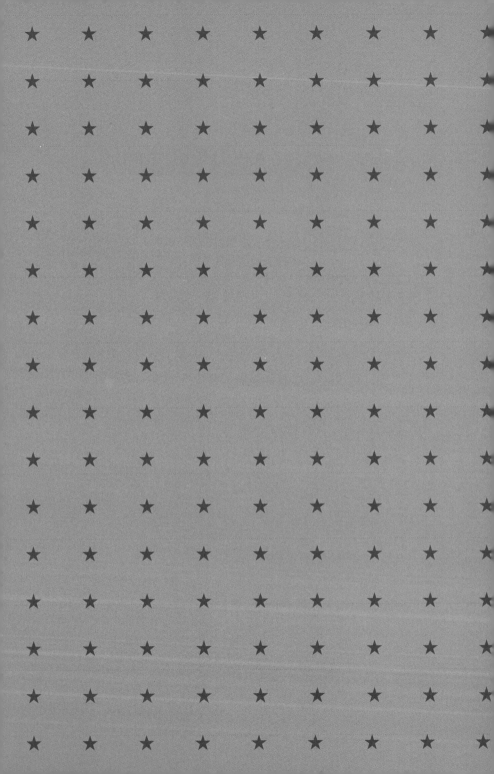

제7장
'재일'에서 '세계 속 자이니치'로

세계 어디를 가든 재일이라는 꼬리표가 따라다닌다면,

거꾸로 세계 속에서 재일이라는 걸

적극적으로 표현하며 살아야 하지 않을까 싶습니다.

재일이라는 소수파로 태어난 저는

그 뿌리와 가치를 세계에 드높이 알리는

존재가 되어야 합니다.

어디 살든지 재일은 재일

J리그에 있을 때는 '재일'이라는 좁은 세계에서 벗어나 더 넓은 세계에서 뛰는 선수가 되고 싶었습니다.

그런데 일본에서 독일로 건너와 마음 깊이 생각합니다. 뿌리를 소중하게 여기지 않는 선수는 세계에 나갈 수 없다고. 단지 자기 자신만을 위해 뛰는 선수는 성장 폭이나 실력 향상에서도 뻔합니다. 뿌리를 단단히 하고 항상 그것을 의식하면서 나아가는 선수는 올곧고 중심축이 흔들리지 않고, 심지가 굳습니다. 강한 끈기가 있습니다. 이런 선수는 쑥쑥 성장해갑니다. 자신이 아니라 지켜야 할 것을 지키는 선수야말로 크게 된다는 걸 깨달았습니다.

저는 재일로 태어나 재일로 자랐습니다. 초등학교 때는 왜 이런 마이너리티로 태어났나 하고 불만을 품은 적도 있습니다. 하지만 지금은 그것을 제 운명으로 받아들이고 있습니다.

사람은 생각이나 취미를 바꿀 수 있고, 생활을 바꿀 수도 있습니다. 하지만 성장 과정은 절대로 바꿀 수 없고, 배신할 수도 없습니다. 에이스로서 빛날 때도 재일이고, 팀에서 쫓겨나도 재일. 처음에도 말했듯이, 어디를 가든 어디에 살든, 재일은 재일인 겁니다.

결국 제 뿌리는 재일입니다. 결코 도망칠 수 없는 사실입니다. 그리고 재일인 제가 빛나는 것도 움츠러드는 것도 저 하기 나름입니다. 즉 뿌리에 근거한 삶을 살 수 있느냐 아니냐 하는 승부입니다.

사람은 태어날 때부터 자기만의 테마를 가진다고 합니다. 제 경우는 재일이라는 뿌리를 가지고, 똑바로 발을 디디면서, 어떻게 인생을 뻗어나갈 것인가가 테마입니다. 그리고 저는 세계 어디를 가든 재일이라는 꼬리표가 따라다닌다면, 거꾸로 세계 속에서 재일이라는 걸 적극적으로 표현하며 살아야 하지 않을까 싶습니다. 재일이라는 소수파로 태어난 저는 그 뿌리와 가치를 세계에 드높이 알리는 존재가 되어야 합니다. 이것이 지금 제가 하는 기본적인 생각입니다.

'세계의 정대세'를 향해

다만 재일에 얽매여 살아간다고 해서 배타적이 되겠다는 건 아닙니다.

세계로 나가면 나갈수록 사람을 구별하는 경계라는 게 시시해집니다. 그런 경계가 있기 때문에, 혹은 그런 경계를 만들기 때문에 적이 생깁니다. 긍지를 가지는 것은 좋지만 긍지 때문에 적을 공격하는 일은 용서받을 수 없습니다. 자기 뿌리를 소중히 여기고, 그럼으로써 자신을 갈고닦고 드높여가는 것은 중요합니다. 하지만 그걸 고집해 다른 사람을 몰아붙이거나 공격하거나 싸우는 것만큼 못난 일은 없을 것입니다.

지금 저를 둘러싼 세계는 조금씩 넓어져갑니다. 가와사키 프론탈레에 들어갔을 때는 사람들이 "조선? 재일? 몰라, 그런 거." "일본어 할 줄 알아?" "일본에는 언제 왔어?" 정도로 인식하는 '코리아 정대세'였습니다.

그러던 것이 제가 활약을 하자 '재일 정대세'로 알려지게 되었습니다. 동아시아 축구 선수권과 남아공 월드컵 예선에서 활약하자 조선은 물론 한국에서도 주목받아 동아시아로 인식이 확대되었습니다.

그리고 월드컵 본선 진출이 결정되자 아시아에서 이름이 알려지고, '아시아 정대세'가 되었습니다. 더욱이 월드컵에서 눈물을 흘린 일 때문에 '아시아를 대표하는 정대세'가 되었습니다.

축구선수로서 제가 가진 꿈이 네 가지가 있습니다. 지금 소속된 VfL보훔을 1년 내 독일 분데스리가 1부 리그로 승격시키는 것. 2~3년 뒤에는 영국 프리미어리그에 진출하는 것. 더 나아가 유럽 챔피언스리그에서 우승하는 것. 마지막으로 4년 뒤에 다시 조선 국가대표 선수로서 월드컵에 나가 전 세계 사람들이 지켜보는 가운데 1승 이상을 거두는 것입니다.

이 꿈을 모두 이룰 수 있다면, 그때 저는 틀림없이 '세계의 정대세'가 되어 있을 것입니다. 그리고 그때야말로 '일본의 재일'이 아니라 '세계 속 자이니치'가 되어 있을 것입니다.

유도가 주도Judo라는 이름으로 세계에 알려졌듯이, 재일이 '자이니치Zainichi'로서 세계에 인식되는 겁니다. 그렇게 되는 데 다른 누구도 아닌 제가 공헌할 겁니다. 그거야말로 재일이라는 뿌리를 근거로 한 최고의 표현이고, 축구선수로서 제가 할 수 있는 최고의 표현이라고 생각합니다.

물론 저는 아직 세계에서 활약하지 못했습니다. 하지만 그렇기에 더욱 꿈을 좇을 수 있습니다. 반드시 '세계의 정대세'가 되겠다, 반드시 '세계의 자이니치'가 되겠다는 꿈에 도전할 수 있는 지금, 저는 무엇과도 바꿀 수 없는 행복을 쥐었다고 할 수 있지 않을까요?

후배들을 위해서

세계에 나와 활약하면 할수록, 이름이 알려지면 알려질수록, 사람이 잊어버리는 게 있습니다. 남모르는 노력, 거듭되는 실패, 인생의 시련……. 이러한 과거는 지금 손에 넣은 명성과 실적과는 상관없지요. 기억하고 있어도 아무 도움이 되지 않기에 잊어버리는 것입니다. 어쩌면 잊고 싶어서 잊은 것일 수도 있습니다.

그러고 보면 확실히 저도 예전에 겪은 일들을 잊는 경향이 있습니다. 제 경우에는 단순히 기억력이 나쁜 탓일지도 모르지만요.

하지만 그래서 더욱 잊어서는 안 될 것이 있습니다. 축구를 시작하고부터 프로가 되기까지, 아마추어 시절을 지탱해준 십수 년을 잊어서는 안 됩니다. 저는 계단을 올라가면 갈수록 뒤를 돌아봅니다. 발치를 보고, 어떻게 해서 지금의 상황에 이르게 되었는지, 지금 축구에서 활약할 수 있는 토대를 누가 만들어주었는지, 누구와 함께 만들어왔는지, 대표가 된 것은 누구 덕분인지, 그런 일들을 항상 생각하며 축구를 합니다.

그런 마음은 앞으로도 잊지 않을 것이고, 도움을 준 주변 사람들에게도 은혜를 갚아야 합니다. 그러려면 돈이든 활약이든 여러 가지 방법이 있을 테지만, 어쨌든 은혜는 꼭 갚아야 합니다.

지금까지 저는 길이 없는 길을 걸어왔습니다. 수풀을 헤치고 커다란 나무를 쓰러뜨리면서 똑바로. 그래서 월드컵이 끝나고 문득 뒤를 돌아보니 거기에 길이 있었습니다. 하지만 저는 한계가 올 때까지, 앞으로 나아가야 합니다.

제 뒤를 따라올 후배들은 그런 제 등을 보면서 와주기 바랍니다. 제 발이 멈추어도 개의치 말고 앞질러 척척 앞으로 달려가주었으면 합니다. 그렇지 않으면 새로운 역사를 만들 수 없습니다.

하지만 동시에 무턱대고 달리면서도 항상 주위를 둘러보고, 발치를 보고, 지금 나를 떠받쳐주는 것이 무엇인지, 누가 나를 지탱해주었는지 확인하는 자세를 가진 선수가 되어주었으면 좋겠습니다. 그런 생각을 합니다.

일본이라는 뿌리

사람들이 저에 대해 오해하고 있는 것 같은데, 저는 언론에서 일본을 싫어한다는 말은 한마디도 한 적이 없습니다. 그렇게 생각한 적도 없습니다. 태어나고 자란 곳이 일본이니까요.

보훔에 와서도 가장 먹고 싶은 것은 일본 음식이고, 보훔에서 가까운 뒤셀도르프에 가서 일본어를 할 줄 아는 사람에게 머리를 깎아달라고 합니다.

일본인을 적이라고 생각한 적은 한 번도 없고, 싫어하지도 않습니다. 재일은 그런 존재라고 생각합니다. '반쪽 일본인'이라는 말을 좋아하지 않는 사람도 많을 테지만, 일본이라는 나라는 제 안에서 확실하게, 큰 위치를 차지하고 있습니다. 독일에서 활약해서 어디에 보도되었으면 좋겠느냐는 질문을 받는다면, 답은 역시 일본입니다. 실제로 제 중심은 일본에 있습니다. 어디를 가든 결국 돌아갈 곳은 일본이니까요. 일본이라는 나라를 좋아합니다.

텔레비전 다큐멘터리 방송 같은 데 나오면, 일본 친구들이 "꽤 근사한 말을 하잖아. 그런데 일본은 별로 좋아하지 않지?"라고 묻습니다. "조선에 돌아가면 되잖아" 하는 글도 인터넷에 자주 올라옵니다. 일본을 좋아하지 않는다고 생각하는 거겠죠. 텔레비전 다큐멘터리는 자기 나라를 사랑한다는 쪽에 초점을 맞춰 편집하기 때문에 일본은 소홀하게 다룰 수밖에 없습니다. 그런 일에는 저도 부족함을 느낍니다. 누가 뭐래도 저는 일본이라는 나라, 일본인이라는 국민을 아주 좋아하고, 제가 자란 일본이 큰 자리를 차지하고 있습니다.

유럽에서 뛰는 J리그 선수는 동료나 마찬가지입니다. 동료가 "한국인하고 만나고 싶은 거야?" 하고 물으면 "그렇지 않아. 어느 쪽이냐 하면, 일본인하고 만나고 싶거든. 일본어가 가장 편

189

해"라고 대답합니다. 정대세란 존재에는 일본까지 포함되어 있다고 생각합니다.

재일이 뿌리이고, 뿌리 속에 일본도 들어 있습니다. 더 깊이 들어가면 조선이나 한국까지 이르지만, 개인적으로는 일본을 소중히 생각합니다.

저에게 조선은 부모와 같습니다. 저를 키워준 나라입니다. 민족학교를 배려하는 것도 그렇습니다. 그런 학교가 존속하고 유지할 수 있는 것도 조선이라는 나라가 있기 때문입니다. 나라가 있다는 것에 우선 감사해야 하고, 민족학교를 지원해달라는 요구에 응해준 나라, 긍지를 갖게 해준 나라로서 고마움을 느끼고 있습니다.

하지만 발판은 일본입니다. 저는 일본 땅에 발을 딛고 자랐습니다. 가족도 친척도 모두 일본에서 살고 있습니다. 제가 돌아갈 곳은 일본입니다.

축구는 피다

"당신에게 조선, 한국, 일본이 차지하는 비중은 어느 정도입니까?" 하는 질문을 자주 받습니다. 그럴 때는 조선이 50퍼센트, 한국과 일본은 25퍼센트쯤 된다고 대답합니다. 하지만 실제로는 일본도 반 정도입니다. 산수로 치면 옳지 않은 답이지만, 3개 뿌리에 대해서 제 마음속에서는 이것이 정답입니다.

고교 무상 교육 대상에서 조선학교가 제외될 거라는 등 그런 소식을 들으면 안타까운 마음이 들 때도 있지만, 일본인의 국민성도 좋아하고, '와비사비'일본 미의식 중 하나. 보통 소박하고 조용한 것을 가리킨다-옮긴이'도 좋아합니다. 그렇지만 제가 일본인이라는 생각은 하지 않습니다.

바람 잘 날 없는 26년이었지만, 한일 관계가 나쁘기 때문에 더욱 정대세라는 존재가 의미를 가진다고 생각합니다. 저는 중개 역할을 하고 싶고, 저를 보고, 조선을 보아주었으면 하는 바람도 있습니다.

보훔에서는 모두 일본어로 말을 걸 겁니다. 예전에 오노 신지 선수가 있었기 때문에 "너도 일본인이지?"라고 묻습니다. 그러면 저는 조금 복잡한 마음이 됩니다. 대체로는 "올모스트 재패니즈"라고 대답하지만, '거의 일본인'이라고 말하는 제가 굉장히 싫습니다. 제가 추구하는 테마는 그게 아니라 '재일'이잖아, 하는 소리가 마음속에서 들리기 때문입니다.

하지만 제가 아직 '세계의 정대세'가 되지 못했기 때문에, 그런 걸 충분히 알아주지 않습니다. 보훔 선수들이 인식하기에는 '거의 일본인인 정대세'에 불과합니다. 앞으로 독일어를 배워서 더 자세하게 설명할 수 있게 되면, 저에 대한 이미지도 조금씩 바뀔 것입니다.

이쪽에서도 모두 조선을 '위험하다'고 말하는데, 저는 조선이 어떤 나라인지 항상 공들여 설명하고, 조선 선수들에 대해서도 얘기해줍니다. 보훔이라는 좁은 인간관계 속에서 적어도 조선과 그 나라 사람들에 대한 선입견을 바꿔보려는 것이죠.

조선이나 조선 선수나 정치 문제가 되면 싸우려 드는 데가 분명히 있습니다. 그래서 언론도 일본인들도 받아들이기 어려울지 모릅니다. 하지만 상대가 정대세라는 축구선수라면 어깨에 힘을 뺄 수 있지 않을까요? 어깨 힘을 뺀 상태에서 조선은 이런 나라라는 것을 이해해주었으면 좋겠습니다. 조선 사람은 정말로 상냥하고, 정이 깊고, 가족처럼 서로 받쳐주는 나라라고, 부드럽게 느긋하게 설명하고 싶습니다.

조선 대표팀 선수들에게는 거꾸로 일본에 대해 설명하기도 합니다.

이도 저도 아닌 느낌이지만, 제 홈이 어디냐고 한다면 역시 재일입니다. 재일이라는 입장도 복잡해서, 일본인도 아니고 완벽한 조선 사람도 아니고 한국 사람도 아닙니다. 그럼 어디 사람이냐고 묻는다면, 대답이 궁해집니다. 재일 사람이란 건 없기 때문입니다. 그런데 오히려 실체를 나타내는 이름이 없기 때문에 더더욱 우리 존재를 지워서는 안 되고, 뿌리를 소중하게 지켜야 합니다. 그렇지 않으면 '세계의 자이니치'를 목표로 하는 보람이 없습니다.

지금 세대는 고통스러운 경험을 한 사람이 거의 없지만, 선조의 경험을 결코 잊어서는 안 됩니다. 재일 1세대와 2세대가 겪은 고생은 상상도 할 수 없는 것입니다. 그렇기 때문에 그 불을 꺼뜨려서는 안 됩니다.

우리 세대는 1세대와 2세대가 겪은 고생을 전해야 할 의무가 있습니다. 전하는 방법은 각자 자기 방식대로 하면 됩니다. 각자 방식대로 의무를 다하면 되는 거지요. 언제까지고 반일에만 매달려서, 이름을 빼앗긴 창씨개명이나 강제노동 같은 이야기만 하고 있으면 다음이 시작되지 않습니다. 물론 이러한 문제와 과거 역사가 사라지지는 않겠지만 말입니다.

일본에서 사는 우리만큼은 서로 손을 잡고 나아가야 한다고 생각합니다. 자주 듣는 '조선에 돌아가라'는 말 자체가 우습기 짝이 없습니다. '조선에 돌아가라'는 말을 들으면 '역사 공부 좀 해'라고 받아치고 싶지만, 그에 앞서 서로의 존재를 이해하는 일이 중요합니다. 대화를 하면서 서로를 이해해가면 됩니다. 저는 그 대표로서 텔레비전 저편에 보이지 않는 상대에게 축구를 통해 표현하는 것입니다.

그런 의미에서 축구는 피입니다.

피는 항상 새롭게 만들어져 멈추지 않고 체내를 돕니다. 그리고 피가 없으면 사람은 살 수 없습니다.

축구도 역시 항상 새로운 축구 문화가 태어나고, 그것이 멈추지 않고 온 세계를 돕니다. 그리고 축구가 없으면 정대세를 비롯해 전 세계에 축구를 사랑하는 사람들은 살아갈 수 없습니다.

제 축구 피 속에는 재일이자 조선인인 피도 들어 있습니다.

저에게 피는 그렇게 여러 가지 의미를 나타냅니다.

제가 좋아하는 축구로 제 존재 의의를 주장할 수 있다는 건 행복한 일입니다. 앞으로도 저는 축구를 통해 재일을 주장하고 메시지를 발신해가겠습니다. 앞으로도 제 활약을 지켜봐주시고, 메시지에 귀 기울여주시기 바랍니다. 여러분, 고맙습니다.

유럽에서 엮는 꿈

본고장 유럽에서

지금 저는 독일 보훔이라는 곳에 있습니다.*

보훔은 독일 서부 루르 지방에 있는 오래된 곳입니다. 라인 강 지류인 루르 강을 따라 발전한 중공업지대 한복판에 있지요. 오랫동안 지역 산업을 떠받쳐온 것은 탄광이었지만, 30년쯤 전에 전부 문을 닫았습니다. 그 뒤 자동차 제조사인 오펠 공장이 들어서 있습니다. 인구는 40만 명 정도로, 공장과 광산 박물관

---

* 이 책을 쓴 시점은 2010년 12월입니다. 정대세는 2012년 보훔에서 FC 쾰른으로 이적하였고, 현재 FC 쾰른에서 활약하고 있습니다.—편집자주

말고는 이렇다 할 명소는 없습니다. 고만고만한 지방 공업 도시라고 볼 수 있겠죠. 제가 살면서 받은 인상으로도 조용하고 평범한 독일 마을입니다.

이렇게 평범한 곳이다 보니 베를린이나 뮌헨, 프랑크푸르트 같은 대도시에 비하면 이곳 독일에서도 지명도가 낮고, 외국으로 나가면 더더욱 아는 사람이 없습니다. 독자들 대부분은 보훔이라는 이름도 낯설 것이고 어디에 있는지도 아마 모를 것입니다.

그런데 축구 팬들의 반응은 좀 다릅니다. "아, 오노 신지가 있던 곳?" 하며 반가워합니다. 맞습니다. 오노 신지^{현 시미즈 에스펄스}는 일본 국가대표팀 축구선수로서 프랑스, 한·일, 독일 월드컵에 3회 연달아 출전했습니다. 2008년 1월부터 2010년 1월까지 2년간 VfL 보훔에 소속되어 분데스리가^{독일 프로 축구 리그}에서 활약했지요.

바로 그 VfL 보훔이 지금 제가 소속되어 있는 곳입니다. 입단은 2010년 7월. 바로 전달인 6월에 조선 대표팀의 일원으로 2010년 남아프리카공화국에서 열린 월드컵에 출전했습니다.

2006년 이후 4년간 가와사키 프론탈레에 소속되어 있다가 월드컵 직후에 이적했지요.

왜 저는 보훔에 왔을까요? 물론 '높이 오르기'를 위해, '세계의 정대세'가 되기 위해서입니다.

프로 축구선수라면 누구나 꿈을 갖고 있습니다. '기회'만 있으면 본고장 유럽에서 내 실력을 발휘하고 싶다는, 세계적인 선수가 되고 싶다는 꿈이지요. 그 꿈을 가슴에 품고서 자신이 놓인 환경에서 전력을 다해 뜁니다. 그러면 운 좋게도 외국 팀 스카우터 눈에 띄어 계약 제의를 받기도 합니다.

이게 바로 '기회'입니다. 꿈을 향한 첫걸음이지요. 저도 남아공 월드컵 직전에 유럽 팀 두 곳으로부터 제의를 받았습니다. 저는 이 '기회'에 도전하기로 결심했습니다. 그리고 VfL 보훔을 선택했습니다.

프리미어, 그리고 다음 월드컵으로

그토록 염원하던 유럽에 와 있는 지금, 제 꿈은 오직 유럽행

만을 꿈꾸던 때보다 훨씬 구체적이 되었습니다. 첫 번째 꿈은 VfL 보훔을 1년 후에는 분데스리가 1부 리그로 승격시키는 것입니다. VfL 보훔은 2009~2010년 시즌에서 1부 리그 18개 팀 중 17위를 기록해 2부로 밀려났습니다. 애초에 VfL 보훔이 저와 계약한 것도 1부 리그 복귀를 위한 전력 강화의 일환이었습니다. 이것만큼은 꼭 해낼 작정입니다. 포워드공격수로서 책임은 무겁지만 그만큼 보람도 있겠지요.

두 번째 꿈은 2~3년 후에 영국 프리미어리그에 진출하는 것입니다. 프리미어에서 거침없이 밀고 나가는 육체적인 축구 스타일은 제 목표이기도 합니다. 남아공 월드컵에서 코트디부아르 대표팀과 경기했을 때, 가까이서 본 드로그바프리미어에서는 첼시 소속의 강함, 아니 거의 괴물 같은 모습에 깜짝 놀란 뒤로 더욱 그런 생각이 강해졌습니다.

세 번째 꿈은 '유럽 축구연맹 UEFA 챔피언스 리그'에서 우승하는 것입니다. 당연한 일이지만 팀 스포츠인 축구에서는 정해진 멤버로 연중 함께 연습하는 클럽 팀을 가장 높게 쳐줍니다. 그런 의미에서 챔피언스 리그는 '유럽에서 가장 강한 축구 팀'

을 가려내는 큰 무대입니다. 이왕 유럽에 갔으니 최고의 팀에 들어가 클럽 팀 정점에 서고 싶은 꿈은 선수로서 당연하지요.

끝으로, 2014년 브라질에서 열리는 월드컵에 조선 국가대표로 나가서 1승 이상을 거두고 싶습니다. 남아공 월드컵에서 조선 국가대표팀은 44년 만에 본선에 진출했지만, 세 경기에서 모두 지고 그룹 리그에서 물러났습니다. 지옥 같은 굴욕을 맛보았지요. 축구에서 받은 굴욕은 축구로 씻어야 합니다. 부족한 부분을 개선하고 열심히 훈련해서 다음 본선에 꼭 나가고 싶습니다. 그래서 적어도 1승, 가능하다면 그 이상 이기고 싶습니다. 그것이 일본에서 자라 조선 국가대표라는 길을 선택한 저의 마지막이자 최고의 꿈이며, 반드시 이루어야 하는 꿈입니다.

이렇게 꿈은 한없이 커가지만, 이 모든 것은 지금 여기서 얼마만큼 좋은 경기를 하느냐, 혹은 할 수 있느냐에 달려 있습니다. 저는 2010~2011년 시즌에 여기 보훔에서 골을 많이 넣어 팬들을 사로잡고 1부 리그 승격이라는 목표를 달성해야 합니다. 이 무대를 발판으로 날아오를 수 있을지 어떨지는 모두 현재가 정하는 것입니다.

아무튼 골을 넣는다!

그러면 꿈을 이루기 위해 저에게 필요한 것은 무엇일까요. 첫 번째도 골, 두 번째도 골입니다. 특히 2010년 7월에 VfL 보훔에 입단한 뒤로 공식전에서 골을 넣어야 한다고 거듭 가슴에 새겨 왔습니다. 월드컵 때도 대회 전 치른 연습 경기에서는 모두 골을 넣었지만, 정작 본 시합에서는 넣지 못했습니다. 보훔에 와서도 연습 경기에서는 매번 골을 넣습니다. 하지만 연습 경기는 어디까지나 연습일 뿐입니다. 상대도 숨 막힐 듯한 압박은 가하지 않습니다. 그런 상황에서 골을 넣는 건 당연한 일이고, 그 때문에 평가가 단번에 쑥 올라갈 리도 없습니다. 누가 뭐래도 공식전에서 골을 넣는 것이 중요합니다.

첫 번째 공식전은 2010년 8월 15일, 3부 키커스 오펜바흐와 원정경기에서 붙은 컵전cup戰, 리그전과 비교해 개최 기간이 짧고 경기 수가 적은 대회. 일대일이나 팀별 승자 진출 방식을 채용하는 경우가 많다—옮긴이이었습니다. 오펜바흐에 보내는 열렬한 응원과 보훔을 향한 야유의 함성에 거의 압도당할 지경이었습니다. 이거야말로 진정한 원정경기구나 하고 실감했습니다. 경기 결과 0 대 3으로 지고 말았습니다. 선수들 모두가 감독에게 눈물이 쏙 빠지게 혼이 난 건 물론이고, 공식전에서 골을 약속했던 저의 체면도 말이 아니었습니다. '이게 뭔가. 위로 쑥쑥 올라가기 위해 왔는데 2부에서 쩔쩔매고 있을 때가 아니잖아' 하는 중압감에 조금 불안해졌습니다.

8월 23일, 홈에서 열린 2부 리그 개막전에서는 2골을 넣어 기뻤습니다. 이 경기에서마저 골을 넣지 못했다면 중압감은 더 커졌을 테고, 초조함 때문에 실수를 연발하는 악순환에 빠졌을 게 뻔합니다. 그런데 2골이 멋지게 들어가자 '좋아, 할 수 있어' 하는 자신감이 생겼습니다. 단순하다면 단순하지만, 축구선수는 원래 그렇습니다.

그 뒤 열린 리그전에서는 알다시피 팀에서 가장 많은 점수를 냈습니다. 그러자 지역 신문에서 저에 관한 특집 기사를 실어주었고, 덩달아 저도 유명해졌습니다. 당연히 '정대세는 골을 넣지만 카드(경고)도 많다' 든가 '감정을 조절하지 못한다' 는 내용의 기사도 나왔습니다. 물론 경고를 받을 만한 플레이나 행동에 대해서는 진심으로 반성합니다. 다만 이것만은 알아주셨으면 합니다. 저의 장점은 상대를 두려워하지 않고 언제나 강하고 격렬하게 돌진하는 플레이 스타일에 있고, 그렇기 때문에 항상 파울의 위험을 안고 싸웁니다. '격렬한 플레이'와 '페어플레이'를 양립시키는 것, 이것이 앞으로 저의 큰 과제라고 생각합니다.

'재일'로서 끊임없이 성과를 내다

그런데 보훔이 있는 루르 지방은 독일에서도 특히 축구 열기가 뜨거운 곳입니다. 이곳의 공업지대를 형성하는 각 도시에는 대부분 분데스리가 팀이 있습니다. 게다가 도시가 옹기종기 모여 있어 어디를 가든 굉장히 가깝습니다. 실제로 가가와 신지가 있는 도르트문트도, 우치다 아츠토FC 샬케04 소속가 있는 겔젠키르헨도, 보훔에서 차로 20~30분이면 갈 수 있습니다. 가가와 신지와는 곧잘 만나 밥을 먹기도 하는데, 보루시아 도르트문트에서 눈부신 활약을 펼쳐 현지에서도 주목받고 있습니다. 일본에서 화제가 되는 것도 당연하겠지요.

다만 인터넷으로 일본 뉴스를 보면서 깨달은 것이 있습니다. 유럽에서 뛰는 일본인 선수는 가가와처럼 크게 활약하는 경우는 물론이고, 그 정도 결과를 내지 않아도 근황을 알리는 기사가 자주 나옵니다. 즉 일본에 없어도 나름대로 주목을 받고 존재감도 있습니다. 하긴 동포를 응원하는 건 인지상정일 테지요. 하지만 제 경우에는 '꼭 이런 식으로 다뤄야 했나?' 하는 생각이 어쩔 수 없이 듭니다. 그럴 때마다 나는 일본에서 태어났어도 '일본인'이 아니라는 걸 뼈저리게 느낍니다.

저는 일본에서 태어나 일본에서 줄곧 자랐지만 일본인이 아니라 '재일'입니다. 일본에 체류하는 한국인을 '재일'이라고 하므로 독일에 가면 '재일'이 아니라고 우스갯소리로 하지만 독일에 살든지 미국에 가든지, 어디를 가더라도 '재일'은 '재일'입니다.

재일 축구선수인 저를 재일 동포들은 굉장히 주목하고 응원해주지만, 일본 언론은 꼭 그래야 할 동기가 없습니다. '정대세가 보훔 대 프랑크푸르트 경기에서 벤치를 지켰다' 정도로는 기사가 되지 않습니다. 언론이 기사를 내주지 않으면 재일 동포들도 제 소식을 들을 수 없습니다. 그러니까 언론에, 재일에게, 일본인에게 주목받기 위해서는 끊임없이 결과를 내어야 합니다.

조선 축구가 뜨겁습니다. 월드컵에 출전한 후 U-16 아시아대회 우승2011년 U-17월드컵 본선 진출, U-19 아시아 선수권 대회 우승2011년 U-20월드컵 본선 진출, 아시안게임 8강 같은 기쁜 소식이 쏟아졌습니다. 동시에 일본에서는 재일 J리거가 또 한 명 늘었습니다.

이러한 축구 열기의 중요한 원인을 꼽으라면 역시 월드컵 출전일 것입니다. 그것은 젊은 세대의 꿈이 더욱 구체화되었기 때문입니다. 조선 선수들로서는 선배들이 나라의 명예를 걸고 월드컵에 나간 일로 자신들도 할 수 있다는 '꿈이 구체화'되어, 커다란 의식 개혁으로 이어지는 거라고 생각합니다. 한편 재일 아이들에게 꿈이 뭐냐고 물으면 "조선 대표가 될래요"에서 이제는 "조선 대표가 되어 월드컵에 나갈래요"로 꿈이 구체화되어 갑니다.

이 책을 쓰던 중, 저도 월드컵 역사에 이름을 새긴 한 사람이라는 걸 새삼 실감했습니다. 제 꿈을 이루면서 동시에 젊은 세대에게 꿈과 희망을 안겨줄 수 있다는 것은 솔직히 상상도 못했습니다. 특히 재일 후배들에게는 안영학 선수를 비롯한 선배들이 닦아놓은 길을 제가 간 것처럼, 또 제 뒤를 이어 많은 길을 열어주기 바랍니다. 새로운 세대인 '자이니치'로서, 자기 뿌리를 분명히 인식하는 것을 강점으로 삼아, 활약할 장소를 세계로 넓혀, 함께 절차탁마해가면 좋겠습니다.

일본 축구도 아시아 경기대회에서는 남녀 동반 우승을 이루었고, 그 밖에도 실로 눈부신 활약을 하고 있지요. 일본, 한국, 조선 축구가 아시아 축구를 이끌어가고 있다고 해도 과언이 아닙니다. 정말로 기쁩니다. 지금 아시아 축구가 그러하듯이, 이런 시대이기 때문에 더욱 서로 으르렁댈 것이 아니라 손에 손을 잡고 갔으면 하는 게 제 바람입니다.

끝으로, 이 책을 손에 들고 끝까지 읽어주신 독자들에게 진심으로 고마움을 전합니다. 또한 출판에 힘써주신 모든 관계자 여러분에게도 고개 숙여 인사드립니다.

이런 책을 낼 수 있어서 기쁜 마음과 동시에 몸이 오그라드는 느낌도 듭니다. 앞으로도 많은 분들의 성원을 양식 삼아, 언제나 꿈을 주는 스트라이커로 남기 위해 날마다 정진하겠습니다.

정대세의 전설은 이제 시작되었을 뿐입니다.

'대세大世'는 세계에서 크게 날개를 펼치라는 마음을 담아 어머니가 지어주신 이름입니다.

어릴 적에는 이 이름이 싫었습니다. 한자가 너무 간단해서 훨씬 어려운 이름을 갖고 싶었습니다. 하지만 지금 생각해보면, 항상 이름을 의식하며 산 건 아닌데도 어째서인지 이름대로 살아왔다는 생각이 듭니다. 무엇보다도 대세라는 이름을 가진 레일 위를 좋아하는 축구를 하면서, 꿈을 향해 달려갈 수 있다는 건 무척 행복한 일입니다.

지금 제 앞에는 넓은 세계가 펼쳐져 있습니다. 꿈을 하나하나 이루어가야 합니다. '세계의 정대세'가 되기 위한 도전은 이제 막 시작했을 뿐입니다.

정대세

옮긴이 한영

중앙대학교 문예창작학과와 사이버 한국외국어대학교 일본어학과를 나왔다. 출판 편집자와 지역신문
기자를 거쳐 번역가로 활동하고 있다. 옮긴 책으로 《만화로 읽는 4컷 철학 교실》, 《고마워요, 행복한
왕자》, 《여우 세탁소》, 《빨간 매미》, 《온 세상에 친구가 가득!》, 《1학년이 나가신다!》 들이 있다.

정대세의 눈물

초판 1쇄 인쇄 2012년 7월 2일
초판 1쇄 발행 2012년 7월 9일

펴낸이 박종암
펴낸곳 도서출판 르네상스
출판등록 제313-2010-270호
주소 121-842 서울시 마포구 서교동 460-14번지 2층
전화 02-334-2751
팩스 02-338-2672
전자우편 rene411@naver.com

ISBN 978-89-90828-58-3-03830